銀《しろかね》の梅園

―万葉に咲いた花・山上憶良と大伴旅人―

吉森康夫

22世紀アート

目次

第一部　山上憶良

一　白村江の戦い

憶良《おくら》は医師憶仁《おくに》を父として、西暦六六〇年（斉明《さいめい》六）に百済《くだら》で生まれた。だが、この年は百済にとって大変な年だった。

七世紀の朝鮮半島は高句麗《こうくり》・新羅《しらぎ》・百済の王たちが覇権を競った時代の末期で、三国は長い間小競り合いを繰り返していたが、憶良が生まれた年の三月には、新たに大国唐と組んだ新羅が攻め込んで来たのだった。

唐の大軍に驚いた百済の義滋王《ぎじおう》は、則近たちと秘かに居城の泗沘城《しひじょう》を逃亡した。残った太子と大臣らはたちまち降伏し、後宮の女たちは凌辱を恐れて城内を脱出、近くの岩壁から錦江《きんこう》に身を投げた。

女官たちは、川面に広がった白い裳裾《もすそ》を両手でばたばた打ちながらしだいに沈んでいった。

数日後、逃げた義滋王も捕らえられ、七月に百済は滅びた。

だが唐の主力軍が高句麗対策の為に義滋王ら捕虜を従えて引き揚げると、唐や新羅の兵に抵抗する百済の遺民たちがあちこちで活動を始めた。

憶仁《おくに》夫婦は新羅に攻め込まれてすぐに、産まれたばかりの憶良を抱えて首都扶余《ふよ》を離れ、南の農村に難を避けていた。しかし、遺民の蜂起で、農村までが時おり戦場になった。農民たちは、飛んで来た矢を外に捨てながら畑を耕していたが、倭国《わこく》に援軍を頼んだので、再び唐の大軍が攻めてくるという噂が広がると、村から逃げだす者も出てきた。

憶仁は噂の真偽を疑いながらも、友人の医師を頼って半島の先端に近い土地へ移ることにした。月の明るい夜など、南へ通じる道は、夏の暑さを避けながら避難する人々で切れ切れの列が続いていた。

荷車を持った家は、家財道具を積めるだけ積み、その回りに荒縄で縛った大鍋や手桶、鶏、豚などを吊るして、家族全員で押しながら逃げていた。貧しい農民は一人一人の背中に、背負えるだけの物を背負い、両手に持てるだけの物を下げて歩いていた。

木製の車輪に巻いた鉄の輪が小石と軋みあう音や「どけどけ」「泣くんじゃない」などと怒鳴る

声が、羽ばたいて叫ぶ鶏や豚などの鳴き声に混じって、静かな田舎道での喧騒な逃避行だった。

背は低いが、体は頑丈な憶仁は、幾つもの小引き出しの付いた黒塗りの大きな薬箱を幅広い帯でしっかり背中に括りつけていた。数え年四歳になったばかりの憶良を少し歩かせては抱き、歩かせては抱きして、体の弱った妻にときどき手を貸し、後から来る人々には追い越されながら南へ向かった。

「ねえ、どこまで行くの。どこが終わりなの」

疲れた憶良が何度も尋ねた。

「ちょっと遠いが、あともう少し。父さんの友達の家だ。そこに着けば、食べる物もあるし、ゆっくり休める。夜明けごろには着くぞ」

憶仁は肩に掛けた竹筒の水を少しずつ飲ませながら、幼い憶良を励ました。

何度か休みながら苦労して十数里ほど行った集落辺りでも、すでに逃げ出した小屋がところどころにあった。窓や戸口を板でしっかり塞いでいる。

妻が歩き疲れているのが、すがる手の力からも伝わっていたので、憶仁は空いている小屋を見つけ、垣根の内に入り込んだ。妻と幼い憶良を草の上に横にし、自分も薬箱の帯を緩めて腰を降ろした。

憶仁が疲れた足を伸ばしながら満月に近い月を眺めていると、辺りの草むらから虫の鳴く声が聞こえ始めた。最初に気付いたのは、横になっている妻だった。

「あれ、コオロギかしら」

か細い声で言った。

「ああ、その一種だ。こんな時には心の落ち着く鳴き声だね」

憶仁が答えながら妻を眺めると、頬のやつれた横顔が月明かりに青白く見えた。

幼い憶良は横になるなり、母親のそばでぐったり眠っている。

その時、一台の荷車が、キキキキキと乱暴な音を立てながら垣根の前を通り、離れたもう一つの小屋に着き当たりそうになって止まった。日焼けした男が梶棒を握って、妻らしい太腕の女と男の子二人が後押しをしていた。

「うまい具合に空き屋がある。しばらくここを借りるぞ」

男は憶仁が近くで休んでいることなどかまわずに、妻や子に指図しながら、先の尖った担い棒で、打ち付けた板を剥がし始めた。乱暴に壊して戸を開けると、訓練されたように妻や子らが、鍋、釜、俵、長持などを次々に運び込んだ。小さな木製の檻には、弱った豚が二匹転がっていた。最後には荷車まで小屋の中に入れて戸を閉めた。

「避難馴れしている男だ」

憶仁が思いながら妻に目をやると、もう眠っていた。

憶仁たちは翌朝早く起きて、妻が持ってきた梅干し混ぜの長い海苔巻きを食べながら歩いた。やっと昼前に同門の医師の家に着いたが、憶仁の妻はその夜から高熱を出し、寝込んでしまった。


以前から山城を根拠地にして戦っていた将軍鬼室福信《きしつふくしん》は、百済が滅びるとすぐに、ヤマト政権に使者を送り、「人質の形で倭国に住まわせていた百済王子の一人余豊璋《よほうしょう》を迎えて国王にしたい」と奏上、救援軍の派遣を願い出た。

使者の文書を受け取ったヤマト朝廷では、反対する王や豪族も多かったが、百済が完全に滅びれば、半島への足場を失うし、唐の脅威にもさらされることを恐れた斉明《さいめい》女王の決断で、救援が決まった。

翌斉明七年（六六一）正月六日に女王は六十八歳の老いの身で百済救援のために、中大兄王子《なかのおおえのおうじ》、大海人王子《おおあまのおうじ》の兄弟と、大海人王子の二人の妃《きさき》、大田王女《おおたのひめみこ》・鸕野王女《うののひめみこ》姉妹らを連れて、本営を置く筑紫《つくし》の那大津《なのおおつ》（博多）へ向かった。

船団は、途中、瀬戸内海の吉備や伊予に立ち寄り、兵の徴発をしながら筑紫へ進んだ。

だが、四国ではなかなか兵が集まらず、船団は石湯《いわゆ》（道後温泉）のある熟田津《にきたつ》に二か月ほど滞在して、やっと準備が整った。

瀬戸内に詳しい水先案内を先頭に立て、各船が松明《たいまつ》をかざし、陸風や潮の流れを見て出港にこぎつけると、額田王《ぬかたのおおきみ》が斉明女王に命じられ、出発の歌を詠じた。

熟田津に船乗りせむと月待てば　潮もかなひぬ今は漕ぎ出《い》でな

（熟田津で船出をしようと月の出を待っていると、潮の流れ具合いも良くなった。さあ、今こそ漕ぎ出そう）

筑紫の那大津に着いた斉明女王は湾岸近くに仮宮を置き、前線基地にしたが、中大兄は女王の身を案じて、筑紫平野の奥まった朝倉に母を移した。しかし女王は疲れの為か、七月には朝倉宮で崩御された。

中大兄は直ちに母の意思を継ぎ、自ら指揮をとって軍を編制し、百済の事情に詳しい安曇比羅夫《あずみのひらふ》、蝦夷《えみし》征伐で活躍した阿部比羅夫《あべのひらふ》を中核の将軍に任命した。

翌称制（臨時執政）一年（六六二）王子余豊璋《よほうしょう》には倭国最高の位である大織冠《たいしょくかん》を授け、倭人の妻も娶らせると、五千人余りの兵士をつけ、武器の材料や稲籾などの救援物資を積み、一七〇艘の船で鬼室福信のもとへ届けた。

称制二年（六六三）三月には、西国各地での徴発に手間取った農民兵を主とする二万七千人をようやく新羅攻撃に参加させた。

新たな倭国応援軍が加わった知らせで、しばらくは扶余《ふよ》周辺の兵士の意気が上がった。しかし、肝心の城内では籠城かすぐ外に打って出るかの作戦で、新しい王と将軍鬼室福信の意見が対立、六月には福信が王の一派から殺害されるという内輪もめがあった。抵抗拠点だった周留城《するじょう》は混乱のなかで唐・新羅の軍に対していた。

八月に唐・新羅軍は周留城を取り囲む一方で、唐水軍は錦江河口近くに集結した。

四〇〇艘の倭国水軍は、同じころ河口に近い港に到着。時を見て錦江下流の白村江《はくすきのえ》に攻め入った。だが待ち受けた唐水軍一七〇艘の集中的攻撃を浴び、多くの兵を失い、退却した。

いったん退いた倭の水軍は陣を立て直し、翌日、再度突撃を開始したが、河口両岸に分れて布陣していた唐の水軍に、倭国船は左右から囲い込むようにして火をつけた矢で狙い撃ちされた。勇敢に突入して戦った倭国船は次々に燃え上がって沈んだ。残りの船は海上に浮いた味方の兵を救うこともままならず、助けを求める兵、死んで浮いた兵を塵のように舳先で押し分けながら退いた。海口の表面が、燃えて沈む船と兵士の血で真っ赤に染まったほどだった。

唐の史書『旧唐書《くとじょ》』は「四たび戦って勝ち、その船四百艘を焼く。煙と炎、天にみなぎり、海水皆赤し」と記している。城内の王余豊璋は敗北を悟って高句麗へ逃亡。豊璋の子は降伏し、九月七日に周留城は陥落。百済は完全に滅びた。


白村江から逃げのびた倭国水軍は、西の海岸伝いに下って、半島先端の入り江に向かった。陸上で敗れた倭国兵たちも、唐や新羅の兵を避けながら秘かに半島南端にある基地の弖礼城《てれさし》に退いた。城にはすでに倭国に亡命する百済高官や技術者たちが集まっていた。

倭国から兵士出迎えの船が来るので、亡命を望む百済人も余裕のある限り受け入れるという伝言が密かに回ってきた。

憶仁たちの住む医師の家にも知らされたが、ちょうど憶仁の妻が息を引き取った次ぎの日だった。

憶仁の妻は医師の家に着いてからは起きることも叶わず、食事も少量を口に入れてもらうような毎日だったが、死ぬ日の朝まで混濁しつつ意識はしっかりしていた。幼い憶良が口に入れてくれるお粥に気付くと、顎から首にかけておおかたは胸かけの布にこぼしながらも、嬉しそうに食べていた。

治療は同門の医師が主になってしてくれた。衰弱は恐らく産後からの重なった逃亡生活の疲労が原因だろうという見立てだった。

ときどき意識がはっきりした時は、幼い憶良の小さなふっくらした手に触りながら、母親は弱々しい声で話しかけた。

「ご飯は、食べたのかい」と言ったり、「雨にぬれては、駄目よ」と言ったり、「いつもお父さんの傍にいなくてはね」と言ったりした。

母親が死んだ時、まだはっきり理解できないのか、憶良はいつまでも枕元に座って、母の額をなで続けていた。

憶仁が直ちに妻の里に使いを出すと、妻の兄と二人の従兄妹が、馬車を用意して棺を届けてくれた。この地で形ばかりの葬儀を済ませ、妻の里の墓地に埋葬することになった。

「よろしくお願いします」

憶仁は妻の兄に頼んだ。非情と言われても、明日の船を逃がしては、何時倭国に渡れるか分からなかった。

「父と母が眠っている我が家の墓地です。妹も落ち着けるでしょう。お任せください」

妻の兄が答えた。

「母さんにはもう会えないの」

「遠い遠い所へ行ったのだ。魂が体を離れても迷わなくなれば、憶良にも会いにくるよ」

「魂って心なの」

「そうだ。母さんの体は亡くなったが、心が会いに来る」憶仁は教えた。

憶仁親子たちが見送る中で馬車は出発した。

船の到着は明日早朝なので、憶仁はわずかな荷物を夜のうちにまとめた。

「この近くに住んだらどうだ」

同門の医師は引き留めたが、憶仁は長い間争った新羅国に住むのを嫌って、倭国に亡命する道を選んだ。

皆が寝静まったあと、二人は夜半過ぎまでいろんなことを語り合った。

「新羅に占領されようと、唐に占領されようと、百済は百済じゃないか。ここでそれなりの暮らしをすればいい。唐は高句麗とも争っているので、おそらく各地にわずかな兵と役人を残して引き揚げたままだろう。我々は新しい新羅の王朝に従うことになるが、戦いは国王たち権力者の争いだ。反抗さえしなければ、殺されることなどあるまい」

　同門の医師が言った。

「だが、新羅に従属した暮らしだ」

「ああ、生活は不便だろうが、暮らしは貧しくとも、日常はそう変わるまい。これを機会にひと稼ぎする百済人もいるし、占領軍に加担して新王朝のもとで偉くなっていく奴もいる。我は強い弱者になるだけだ。農民たちの病を診ながらこの国の隅で暮らしていこう。どこかに出口はあるだろう」

「汝の話を聞いていると、同胞を棄てて逃亡するようで後ろめたいな」

「行く決心が強いのなら止めはしない。もう国などないじゃないか。いったい国とは何だろうな。倭国は半島とは古くから行き来している土地だ。百済人の子孫も多い。三国の争いが長かったので逃げて行った新羅人も高句麗人も住んでいるはずだ。汝の腕なら医師として尊重され、暮らせるよ。ただ、産まれて育った土地じゃないだけだ。早くその地に馴染んで、幼い憶良を育てることが今の汝の務めだと思うよ」

「有難う。その言葉を聞いて決心が着いたよ。ただ、友と別れるのは淋しいが」

「仕事をしながら男手で子どもを育てるのだ。淋しがる余裕はないぞ」

同門の医師は言った。

次の朝、憶仁は世話になったお礼に親の代から使った薬箱を残し、医師夫婦に深く礼を言って、岩の間の道を海岸に向かった。

友人の医師だけは港まで付いてきた。憶仁たちが海岸に出ると、入り江の岩陰に白村江から戻った数隻の軍船が浮いているのが見えた。だが甲板に屋根の形などはなく、床は黒く焼け焦げていた。何隻かの船には帆柱が立っていたが、船の縁は焼けたままだった。

港には倭国から迎えに来た新しい船が横づけになり、倭の官人が倭国兵や亡命百済人の名前を名簿で確認しながら、乗る船を指示していた。

憶仁が列に並んでいると、名簿を見て医師と看護兵は外され、砂浜に戻って腕に赤い布を巻かれた。

長い間待って、定員になった出迎えの倭国船が沖に出た後に、入り江にいた軍船の中《うち》から各部を点検、修理した船が港へ入ってきた。傷病兵を乗せた船だという説明で、赤い布を巻いた医師たちは二人一組になって看護兵と共に、それぞれの軍船に乗せられた。憶良は父と手を繋いで修理した軍船に乗った。そこで、憶仁親子は見送りに来た友人と別れた。

「できたら、も一度、会いたいね」友が叫んだ。

憶仁も深くうなずきながら手を振った。

憶仁と組んだ医師は一人者の老人で、段のある船の前では幼い憶良を抱えてくれた。

焦げた甲板から下の部屋に降りると、頭を包帯で巻いた兵、片腕を亡くした兵、傷で血だらけの兵などが混じって並べられていた。

頭を向き合わせにした二列の兵の間は、医師や看護兵が通る為に広く開けてあった。傷病兵は、時々うなり声をだしながら横たわっている。生きているのか死んでいるのか、静かな兵も多かった。

船尾のほうに仕切りのない部屋があり、憶仁はその中で老医師と改めて挨拶を交わし、幼い憶良を紹介した。

「四歳ですか。避難してくるのが大変だったでしょう。幼い子だから、なるべく奥に寝せて、何か仕切りでもつくろう」

老医師が言った。

「船中に何かありますか」

「医療用品が一箱と白布二反が新しく配られています。布の端切れを仕切りにしてもいい」

老人はずいぶん前から入り江に来て傷病兵の手当てをしていたらしかった。

「大勢の傷病兵だから、薬品は重病人より、まだ生きて帰れそうな兵の治療に使えとのことだったが、そう言われてもね。部屋の隅には、いろんな物が少しずつ残っています。後で確認しておいてください」

老医師が言った。

憶仁は尋ねた。

「船底は何の部屋ですか」

「集めた兵の死体が積んであります。他の船からも集めたのでしょう」

「死んだ人が乗って居るの」

後ろから憶良が聞いた。

「ああ、敵と戦って亡くなった人たちだ」

憶仁は答えながら、いい医師と組めて良かったと思った。

最後の倭国の軍船が百済を出たのは、称制二年（六六三）九月末だった。

憶仁は老医師と二人で、朝夕の定期検診をして、昼間や夜は傷の痛みで声を上げる兵や病で弱くなった兵の手当てをして回った。筑紫までは持つまいと思われる兵も数人いた。大きな傷の兵や全身火傷の兵には手の施しようがなかった。傷薬を塗るだけだった。

対馬に着いた頃には何人かが死んだ。

初めは「痛い、痛い」を繰り返していた男も、やがて「水」「水を」と細い声を出しながら静かになった。

「何度も『かあさん』『かあさん』と呼んで泣いていた人がいたよ『かあさん』はオモニのことなの」

憶良が尋ねた。

「ああオモニのことを倭国では母さんと言うのだ。大人なのに母さんを呼びながら泣くのはおかしいね」

憶仁が言った。

「きっと母さんを思い出したのだよ」

憶良は父に告げた。

対馬、壱岐を通って那津《なのつ》に着いたのは午後遅くだった。先に出た船は、すでに上陸が済み、船だけが繋がれていた。軍船も次々に碇を降ろし、治療兵がいるので、何日か停泊することになった。

次の朝、動かせる傷病兵を陸の兵舎に運び込み、筑紫の医師に治療をまかせることになった。軍船の医師、看護兵たちは全員上陸して、食堂で朝食が与えられた。

その間に船底の筑紫兵の死体が次ぎ次ぎに運び出されて、砂浜に並べられていた。船が着くのが分かっていたのか、大勢の人々が役人に制止されて、遠巻きに死体の並ぶのを見詰めていた。着いた死体は奴婢《ぬひ》たちが、水で濡らした布で顔や手足を丁寧に拭いた。幼い憶良は遠くからその様子を眺めていた。

先発の出迎え船に乗っていた元気な筑紫兵士は、すでに朝食や点検が終わったらしく、砂浜で四列に整列し将軍の訓示を受けると解散して、元の百姓《たみ》になり、筑前、筑後、肥前、肥後など、それぞれの里に帰っていった。

三日目の朝、憶仁たちの船は難波へ向かって出航した。憶仁たちの船が、途中の長門、吉備、伊予などに、土地の傷病兵や亡骸を降ろしながら難波に着いて上陸したのは十月の末だった。

難波は倭国海上交通の中心地で、港は多くの船や人が行きかっていた。この地は百済救援のために筑紫で亡くなった斉明女王の弟の幸徳《こうとく》大王が九年間京《みやこ》を置いた地だったが、大王の死後、京が飛鳥に移されて難波宮は荒れていた。

百済移民たちは上陸すると、難波宮の官人の空き家や百済国が使った百済館等の部屋に数人ずつが割り当てられた。しばらくはこの地で暮らすことになった。

憶仁親子は傷病兵の治療を共にした老医師と一つ部屋を与えられた。

難波では朝夕の食事が配られ、仕事が出来る者は働くことが許され、暮らしには困らなかったが、今後のことについては何も知らされぬまま月日が過ぎていた。

そのころ、ヤマト朝廷では百済移民の心配どころではなかった。白村江の戦いに敗れた中大兄は、百済の技術者、知識人たちと共に飛鳥に戻ると、唐の反撃を恐れて、すぐに倭国の防衛体制を整え、国制改革に手を付けた。

翌称制三年（六六四）対馬、壱岐、筑紫に防人《さきもり》と烽火《のろし》台を置き、百済技術者を筑紫に派遣して新たな大宰の外に大堤を築いて水を蓄える水城を造らせた。続いて翌年、長門に城を築かせ、筑紫にも大野城、基肄《きい》（椽）城を築かせた。

称制四年（六六五）の二月には、やっと朝廷から「百済の百姓《たみ》男女四百余人を近江国の神前郡《かんざきのこおり》に居《お》く」という知らせが難波に伝えられた。土地も与えられるというので、憶仁たちは期待して近江に向かった。

だが神前郡の土地は、東近江でも鈴鹿山地の低い裾野が出ている所にあった。南の蒲生《がもう》郡や甲賀《こうが》郡より住みにくそうだった。

憶仁も老医師も、できたら医師としての暮らしを考えていたので、小屋はあるものの荒れた土地を眺めて落胆した。

「まあ、しばらくは土地を均《なら》しながら、手持ちの品々を売って暮らしましょう」

老医師は言った。

「我も、すぐに医師の仕事が出来るとは考えなかったので、当初の暮らしのために蓄えを小さな品々に換えてきました」

憶仁も相槌をうった。(この年、後には大納言になる大伴安麻呂の長男として旅人が生まれている)

翌称制五年(六六六)冬には、続いて「百済の遺民男女二千余名を東国に置く」という詔が出た。

「東国はもっと住みにくいに違いないが、倭国朝廷は、それぞれ適した場所に人を配置しているのだろう」

老医師はしかたがないという顔をした。

二　大津京

中大兄《なかのおおえ》は唐・新羅に対する防衛体制が整うと、中央豪族や農民たちの反対が多い中で、京《みやこ》を飛鳥から近江に移し、翌称制七年（六六八）一月に大津宮で正式に即位した。天智《てんじ》大王である。大王はこれまでの種々の法を再考させ、国制改革を進めた。特に百済救援の徴兵が遅れた失策を考えて、全国にわたる戸籍簿の作成を急がせた。

即位二年後の天智九年（六七〇）に出来た庚午年籍《こうごねんじゃく》と言われる戸籍簿は、不完全ながらその後完成した庚寅《こういん》年籍の先駆けとなり、登録された人々が居住地を離れることを断ち、兵役や雇役《こえき》等に使われ、民を支配するのに役立った。

移住民受け入れも続け、天智八年には百済将軍鬼室福信の遺児鬼室集斯《きしつしゅうし》ら男女七百余人を蒲生郡日野《がもうのこおりひの》に住まわせている。この中には、染色技術を持った人々がいたのか、近くの蒲生野に紫草《むらさき》を栽培して染料を作り、布の染色で朝廷に重んじられた。

同じころ憶仁は近江朝の医師として招聘され、大津京に近くなる甲賀郡の水口《みなくち》に移ることになった。憶良十一歳の時である。

「職が決まって良かったな」

己の希望はかなわなかった老医師も心から喜んでくれ、憶仁は軍船内の傷病兵手当て以来、道中での身近な付き合いを感謝した。

「我もしだいに百済人集落では田舎医師として重宝されているよ。神前《かんざき》と甲賀《こうが》では、そう遠くない。時には酌み交わそう」

別れを惜しみながら老医師が言った。

「お父さんといっしょに遊びにいらっしゃいね」

老医師が身のまわりの世話のために入れた女は、少年憶良の頬に両手を当てながら慈しんだ。

憶良は頬を支えられたままうなずいた。

「それで、一つお願いがあるのです」憶仁は改めて老医師に相談した。

「官人の勤務は日の出と共に始まり、正午までですが、医師については午後の勤務や宿直が多いので、我も家事手伝いの女性を雇いたいのです。良い人をご存じありませんか」

「おお、それはうっかりしていた。確かに医師の勤務はほとんど住み込みに近い。奴婢《ぬひ》でもいい、誰かは家に居ないと」

「ええ、幼い憶良のためには家事が出来、百済言葉とヤマト言葉を正しく話せるような人をと考えています」

「そうなると難しいが、古くから居る百済人ならいいだろう」

「ほら、以前、頭痛で何度か治療においでになった人、亡くなられた御主人は儒学の教養もあったという、あのお方だったらお歳も四十過ぎくらいで、ちょうどいいですよ」

老医師の女は我がことのように喜びながら言った。

「ああ、あの婦人なら以前からの移住民で今は独り暮らしだし、憶仁の再婚相手にしてもよさそうだ」

「いや、妻はもう」

憶仁は胸の前で小さく手を横に振った。

「だが、家事手伝いとして世話をしても、一年後あたりには成り行きで分らぬぞ」

「今、何もそこまで…」

女は案外良い組み合わせだという顔をしながら言った。

老医師のお陰で、数日後、家事手伝いとして、穏やかな顔立ちの小柄な百済女性が住み込むことになり、憶良親子と揃って甲賀に向かった。

「時には私も見に行きますからご心配なく」

女は憶仁へとも、家事手伝いの女性へともなく声をかけながら見送った。

憶仁は勤務に就いて一か月半ほど過ぎると、やっと大津宮から二時間ほど歩いて四日おきには甲賀の家に戻ってくるようになった。

憶良は家で何日も経たぬうちに、百済では小母さんを意味する「アジュモニ」と呼んで、手伝いの女性に馴れ親しんでいた。

ある日、憶仁は宮中から戻るとすぐ、小脇に抱えた布の包みを憶良の前に広げて見せた。中には板切れが二枚重なっていた。

「文字を削り取った木簡《もっかん》を貰ったので、練習のために父さんが漢字を書いて来た」

「覚えるのですか」

「ああ。倭国で生きる限りは、官僚となるのが一番だ。今、この国は唐の政治を真似た国造りをしている。まず漢字を学ばねば」

憶仁は二枚の木簡を並べながら言った。

「覚えやすい字をと思って、簡単な象形文字を十字ずつ書いてきた。象形文字は漢字と言っても易しく、絵のようなものだ。何を表わすか想像すれば分かるのが多い」

「出来るでしょうか」憶良は目の前の木簡を見ながら尋ねた。

「絵だと思って形を見詰めるがいい。友達に知らせる合図だと考えるのだよ。家の中で見た文字も混じっているはずだ」

憶良は縦に並んだ漢字を繰り返し眺めていたが、少し思案して「正しいかどうか。七つは想像できました」と言った。

「ほう、早いな。指差して言ってごらん」

「最初の漢字はたぶん〈やま〉でしょう。並んだ峰々が想像出来ます。次の漢字は〈かわ〉。水の流れに似ています」

「そうだよ。漢字で〈やま〉のことは、山と書いて、〈シャン〉と読む。〈かわ〉のことは、川と書いて〈チュアン〉と読む」

「意味は思ったより分かりましたが、読みの区別は難しいですね」

「そうだ。少し文字を絵のように書きすぎたかな。あと、分かった文字はどれだ」

「これは〈ひと〉かな〈き〉かな」

「〈き〉だよ。木は〈ムー〉と読む」

「これは〈はね〉でしょう。次は〈くち〉で、後は〈て〉、その次は〈た〉かな」

憶良は一つ一つの漢字を指差しながらヤマト言葉で言った。

「そうだ。分かるじゃないか。あと三つだ。残りは、**鳥**（とり）、頭と体の様子が似ているだろう。次は**日**（ひ）でお日様だ。こちらの字が**人**（ひと）で、立っている〈ひと〉を横から見た姿が元になっている。最初はこの十個の漢字を書いて、読みを繰り返し覚えなさい。家の中では左の手のひらに右指で、外では地面に木の枝で書いて練習すればいい。今、やってみよう。父さんが読むから、左の手のひらに指で書きながら読みを真似てごらん」

憶仁は木簡を憶良の前にずらして言った。

山《シャン》、川《チュアン》、木《ムー》、羽《ユイ》、口《コウ》、手《ショウ》、田《ティエン》、鳥《ニアオ》、日《リー》、人《レン》。

「声はもっと大きく。よし、も一度やってみよう」

二人が繰り返し叫ぶのを聞いて、いつの間にか横の土間にアジュモニが立っていた。

「食事の支度が出来ましたよ。夕食になさってはいかがですか」

アジュモニは二人に声をかけた。

「もうそんな時刻か。じゃあ、二枚目は明日だ。これからは、父さんが帰ってくるたびに漢字を書いた木簡を渡して読みや意味を教えておくから、毎日練習しなさい。忘れたらアジュモニに尋ねるといい」

憶仁は言って立ちあがった。

その後は数日の勤務を終えて帰るなりすぐ、憶仁が漢字の読み、書き、意味を試した。憶良は毎日、与えられた木簡の漢字を庭の地面に書いては、小さな声を出して、繰り返して覚えながら遊んだ。

いつ帰っても、憶良は必ず前に渡された漢字を正確に覚えているので、憶仁は熱心さに嬉しくなった。

そんなある日、しばらく大津宮から戻らなかった憶仁が、午後早く帰ってくるなり憶良を呼び、目の前で土色の紙を広げて板壁に貼り付けた。紙には漢字を並べた短い文が三行書いてあった。

子曰、学而時習之、不亦説可。
有朋自遠方来、不亦楽乎。
人不知而不慍、亦君子乎。

「今日から短い漢文を使ってみよう。読めるかな」

憶良は分かる字はあっても、どんな意味なのか、一行も読めなかった。

「これは『論語』と言う書物の最初の文を写してきたのだ。初めてだし、読めないのは無理もない。父さんが一行を読んで、ヤマト言葉に言い換えるので、その通りに繰り返しなさい。初めだから文を区切って読もう」

憶仁は姿勢を正し、最初の一行を、三つに区切り、声高く読み上げた。


子曰《ツーフェ》、学而時習之《シュアルシュシーチュ》、不亦説可《プーイーユエフー》。


父に促されて、憶良は壁の文字を見ながら聞こえた通りの音を真似て唱えた。

憶仁は続けて三つをヤマト言葉にして読んだ。「先生が言われた」「学んだことをいつもおさらいする」「こんなに楽しいことはない」

憶良はすぐ父の言葉の通り、繰り返した。

憶仁が次の文を読んだ。

有朋《ヨウポン》、自遠方来《ツーユァンファンライ》、不亦楽乎《プーイールーフー》。

憶良が口を尖らせたり、広げたりしながら読むと、憶仁はこれをヤマト言葉にした。

「(学ぶ) 友達がいて、遠くから訪ねてきてくれる」「嬉しいことではないか」

憶良がヤマト言葉を真似ると、憶仁は次の行を読んだ。

人不知而不慍《レンプーチーアルプーユン》、亦君子乎《イーシュンツーフー》。

憶良が真似て読み終わると、憶仁が意味を続けた。

「人が自分の学力を知ってくれなくても気にしない」「それが君子(教養人)というものだ」

続けて憶良も真似た。

「これが唐での読み方で、ヤマト言葉の意味だ。知らぬ字があり、漢字の位置も違うが、それは論語をも少し暗記した後で教えよう。今はただ両方をまるごと覚えればいい。自然に読みも意味も分かるようになる」

「あと十回繰り返してみよう」

憶仁は言うと、声を張り上げた。憶良も続いて真似た。

「どうだ、だんだん分かってきただろう。この全文をまとめてヤマト言葉にすると『先生が言われた。学んだことをいつもおさらいする、こんなに楽しいことはない。学ぶ友達がいて、遠い所から訪ねてきてくれる、嬉しいことではないか。人が自分の力を知ってくれなくても気にしない。それが君子というものだ』となる」

「少し分かったような気がします」

「まあ、今は文章の練習だ。漢文の解釈は深くて、人によって少し違う。だが、この三行は学ぶことの嬉しさを言っているのだよ。憶良も良く学び、立派な君子になってもらいたいな」

「だけど、誰がこの言葉を書いたのですか」

「そうだな。『論語』という本は、今から千年ほど前、千年前にだよ。孔先生（孔子）と呼ばれた人が、弟子たちに語った言葉なのだが、弟子たちが答えた言葉、他の先生が語った言葉も混じっている。それらをまとめたものだ。後世の弟子の弟子くらいの人が集めたものらしい。まずは父さんの読みで漢文とヤマト言葉を覚えるがいい。論語を読んで文字を覚えておくのは、官人になる早道だ」

憶仁は言った。

その後は、父が書写してきた論語を教わって、少しずつ覚えるのが憶良の日課になった。憶良の暗唱が進んだ日など、憶仁は論語を一休みして、宮中での出来事、聞いたことなどを話してくれるようになった。

「十月の初めころから、天智大王が厚く信頼なさっている中臣鎌足《なかとみのかまたり》公のお加減が悪くなってな。お命が長くないというので、大王ご自身が鎌足公の邸宅まで見舞いに行かれたそうだ。前例の無いことなので、宮中ではもっぱらの話題だった。見舞った次の日、倭国で最高の冠位と大臣の位を授けられたということだ。その上、新しく『藤原《ふじわら》』という姓を賜ったらしい。残された子どもの不比等《ふひと》公がまだ十一歳くらいだから、今後の中臣《なかとみ》氏の中での地位を心配されたのだろう。鎌足公は安心されたのか、その翌日天智八年（六六九）十月十二日に亡くなられた」

憶良は「前例の無いことだ」という言葉や「不比等公がまだ十一歳だから」という言葉が心に残った。

憶良は十歳だが、大王が地位をご心配なさるほどの少年が、大津宮で全く違った暮らしをしていると思うと興味が湧いた。

「なぜ、それほど大切にされていたのですか」

「大王がまだ中大兄といった時、鎌足公と組んで、前の政権の権力者蘇我《そが》氏を倒されたのだ。儀式を利用しての騙し討ちで刺殺して、始まったらしいがね。大きな権力を握るには、それくらいの度量が必要なのだろう」

鎌足公が亡くなった二年後に、天智大王も病の床に就かれ、病状は思わしくなかった。天智大王には釆女《うねめ》が生んだ大友王子という男の子がいた。だが母親が王族ではないので、世継ぎにはなれなかった。王は大友王子を朝廷の政治に加えるため、最高の位である太政大臣に任命していた。

大王は死を前に弟の大海人王子《おおあまのおうじ》を病床に招いて、次期大王としての諸政治を託すと共に、大友王子の将来も頼んだ。

「いや、王位は皇后《おきさき》にお譲りになり、政治は大友王子にお任せください。我は大王のために出家して仏道に励みます」

大海人王子は答えて、どうしても王の位を受けなかった。迷ったが出家を許すと、大海人王子は、その日のうちに内裏《だいり》の仏殿で髪を剃り落とし、二日後には天智の娘である愛妃の鵜野王女《うののひめみこ》と舎人《とねり》二十余人を従え、逃げるように宮廷を離れ、吉野山に入った。

大王は、頼りにもしていた弟の急な出家が不気味だった。天智十年（六七一）十二月に息を引き取る最期まで、大友王子の行く末を案じながら亡くなった。

天智大王崩御の翌年六月、大王が心痛していた通り、弟の大海人王子は近江朝に対し兵を挙げ、吉野を出た。

急いでいたので馬の調達もできず、大海人は徒歩で、鵜野は板輿《いたごし》で、慌ただしく出発した。宇陀《うだ》に着いてやっと食事の差し入れがあった。馬も手に入れ、素早く鈴鹿山脈沿いに大野、横川（名張）、積殖《つみえ》（柘植）と、ほとんど昼夜兼行の踏破をし、大海人王子（太子）の経済的、軍事的基盤の東宮直轄地である美濃を目指した。

積殖では甲賀の山越えをして大津宮から駆けつけた高市王子《たけちのみこ》と従者が待っていた。高市の母も王女でなく筑紫胸形《むなかた》氏の娘なので後継の太子にはなれないが、大海人がもっとも頼りにしている王子だった。大海人は共に鈴鹿山地の大山を越えて鈴鹿に着き、伊勢国宰《いせのみこともち》（国司）の出迎えを受け、喜んだ。国宰に鈴鹿の関の閉鎖と兵士の徴発を頼んだ大海人は、途中で暖を取りながら夜行で進み、翌日の夜明けにやっと、朝明評家《あさけのこおりのみやけ》に着いた。

大海人は迹太《とほ》川（朝気川）のほとりで南に向かって、伊勢の土地神伊勢大神に必勝の祈願をした。

ここでは太田妃の子、大津王子も近江を脱出して到着した。美濃では美濃国宰《みののみこともち》の出迎えを受け、大海人は東国の軍を味方につけると、閉鎖を命じていた不破関を近江朝攻撃の本営にした。

大海人王子は、まだ十九歳の高市王子を総指揮官に任命。東国の軍勢や近江朝に不満を持つ中央豪族を味方につけると、琵琶湖沿岸からの近江朝攻撃と大和地方に回っての飛鳥攻撃の二手に分かれて戦闘を開始した。

琵琶湖畔近くに出た大海人軍は、大友軍の防衛陣を次々に突破し、近江朝の本営に近い瀬田大橋で激しい戦いが繰り返された。充分な準備の整わなかった政府軍は敵を防ぎきれず西へ敗走し、大友王子は山科《やましな》まで逃げて自ら首をくくった。大海人軍は王子の首を刎ねて凱旋し、戦いはわずかひと月ほどで終わった。

飛鳥地方制圧には豪族から大伴軍が味方に加わって戦っていた。一時は敗色が濃くなったが、東軍の応援で盛り返し、飛鳥地方を平定した。

大津宮が落ちると、長いこと帰らなかった憶仁が水口に戻ってきた。

「家では何ごとも無かったか」

憶仁は二人の姿を見て、安心しながら尋ねた。

「反乱軍が、伊賀から鈴鹿、三重のほうに評駅家《こおりのうまや》を焼きながら駆け抜けたという噂でございます」

アジュモニは近くで聞いた話をした。

「急いでいたので、ここらでの徴兵は出来なかったのだろう」

「飛鳥の方では、二派になった豪族たちの、勝ったり、負けたりの戦いがあったそうでございます」

アジュモニはつけ加えた。

「父上は何処にいらしたのですか。心配しておりました」憶良が尋ねた。

「大津宮の裏山のお寺だ。湖畔近くでの戦いが多く、幸い裏山までは兵が近づかなかったが、仏教を受け入れた大海人王子が身内と殺し合うのだからな」

憶仁は落胆したように言った。

憶仁の表情には、百済救援の先頭に立った天智大王を病で亡くし、大友王子までが殺されたことを惜しむ気持ちが表れていた。

大海人王子は勝利した翌天武二年（六七三）二月に京を近江からもとの飛鳥に移し、飛鳥浄御原宮《あすかきよみがはらぐう》で即位した。大海人は憧れた唐の天子にならって「天皇」と称し、皇后には鸕野王女《うののおうじょ》を据えた。

天武は「政治の要は軍事なり」と宣言、これまでのように大臣などは置かず、天皇が直接官僚に指示するという専制の形を取った。相談相手は皇后や気のあった豪族、百済知識人だった。

天武四年（六七五）には軍政の元締め、兵部の長官、次官だけを任命した。

天武九年（六八〇）五月、京内二十四寺に布施をして、初めて金光明経《こんこうみょうきょう》を宮中および諸寺に説かせた。

天武十年二月に新しい律令を定め、法式を改める詔を出し、吾が子草壁皇子《くさかべのみこ》を皇太子にした。三月には史書作成の準備のため、川島皇子《かわしまのみこ》、忍壁皇子《おさかべのみこ》らに「帝紀《ていき》（歴代大王の系譜）及び上古の諸事（諸種の説話、言い伝え）」の記録を命じた。

すべて唐の政治を学んでのことだった。


憶仁は近江朝の滅亡後は甲賀の水口に住みながら、数人の若者たちに論語を教え、乞われれば医者の仕事をして暮していた。神前《かんざき》の老医師のように世を棄てたような気にはなれず、返り咲く時期を待っていた。

時おり、神前郡の老医師が泊りがけで遊びに来ては、月明りを浴びながら、互いの将来や倭国の今後のことを語り合った。

老医師は近くの患者を診ながら、畑を耕して暮らしていると笑っていた。

老医師は酒が入ると、しばしば好きな陶潜《とうせん》の詩を吟じた。

「結庵在人境《チエルーツァイレンチン》　而無車馬喧《アルウーチョーマシュワン》……」

「以前、近江朝の詩宴でも、その詩を好きな人がいて、その御仁は時々、倭国語にして吟じ、座の者を感銘させていましたよ」憶仁が言った。

「それは愉快だ。どのように吟じるのです。我はまだ倭国語が充分でないので、ぜひ聞かせてください」

憶仁は困った顔で「少し違うかもしれぬが」と言って、その五言律詩を倭国語風に吟じてみせた。

庵《いおり》を結んで人境《じんきょう》にあり
　粗末な家を構え、人里に住んでいるが
而も車馬の喧《かしま》しき無し
　それでも人や車の喧しさはない。

君に問う何ぞ能《よ》く爾《しか》るやと
　なぜ、そう長閑《のどか》なのかと問われれば、
心遠ければ地自《おの》ずから偏《へん》なり
　私の心が世俗から遠ざかっているので住む場所も辺鄙な土地になるからだ。
菊を東籬《とうり》の下に採り
　東の垣根のもとで菊の花を摘み、
悠然として南山を見る
　ゆったりとした気持ちで南山を見る。
山気日夕《さんきにっせき》に佳《よ》く
　山の霞は夕暮れに映えて美しく
飛鳥相与《ひちょうあいとも》に還《かえ》る
　鳥たちが連れ立って山の寝ぐらへ帰る。
此の中に真意《しんい》有り
　この中に人生の真の意味があるのだ。
弁《べん》ぜんと欲すれば已《すで》に言《げん》を忘る

それを説明しようとすると、言葉を忘れてしまう。

（石川忠久訳）

「すばらしいな、倭語で聞いても、感動は変わらないじゃないか」

老医師は喜びながら、何度も杯を傾けた。

その夜は、とうとう二人とも酔いつぶれてしまった。

近江朝滅亡後十年ほど経て、世が落ち着くと、憶仁に新しい朝廷から医師としてのお召があった。

憶仁は天武朝の専制的政治の噂を聞いていたので、近江朝の医師だったことを理由にお断りしたが、再度のお召に、二十歳を過ぎた憶良の将来を考えて参上した。朝廷に仕えておれば、憶良を官人にする機会があるやも知れぬと思ってのことだった。

飛鳥は遠いので、しばらくは憶良とアジュモニを甲賀の百済人集落に残すことにした。だが、憶良にも何か相応の仕事が必要だと思った。いつまでも畑仕事や、読み書きだけをさせておくわけにいかなかった。

憶仁は天皇が全国に金光明経の経典を広めるために写経所を設けたことを聞いていたので、乱を避けていた大津の崇福寺《すうふくじ》に出かけてみた。

崇福寺はまだ残っていて、予想通り写経所になっていた。寺の仏像は小金堂に並べられ、講堂と金堂が写経所に使われていた。

写経生は医師と同様に、正式の官人とは認められていないが、氏家柄、地位階級がすべてのような世界では、文字を知る者の唯一の仕事場だった。見出されて官の位に就く者もいたし、職位の無い下級官人も収入を得る場にしていたので、憶良に写経生になることを勧めた。

憶良も何よりの職業だと思った。二十歳を過ぎて、異国でやっと自活できる目処がついたのである。経典を写す作業をしながら、自分の努力で暮せるというのは嬉しかった。

「募集しているので、明後日の早朝、崇福寺の門前に集まれとのことだ。あの寺で何人かが必要らしい。簡単な試験をするだろうが、とにかく採用はされるだろう。天皇には、独立した『金光明経写経所』をお作りのお考えがあるそうだ」

「天皇は金光明経をたくさん写させて、どうなさるのですか」憶良は尋ねた。

「今は皇族、貴族たちに仏教を学ばせるためだろうが、やがて全国に配布して、正月の儀式などで読ませる計画をなさっているらしい」

「どういった内容の経典なのですか」

「詳しくは知らぬが、『金光明経』が読まれる国の国王と国土は、仏教の保護神四天王から守護され、その人民も安穏になるという内容の経典らしい。それにもう一つ、これが本来の狙いなのだろうが、『金光明経』には、王が国王の使命を受けて生まれるのは神の加護であり、王の身分は神と同じである。王は天の子、天子であり、神の子と異ならないことが書いてあるそうだ。天武天皇はこの部分を利用されるのだろうと、写経所の僧はいっていた」

「国を守るためにですか」

「いや、天皇は神の子孫という名目で、己と己の直系をまず固めるためだろう。やがては、各地方の国々に一つずつ国の寺をお造りになるそうだ」

「でも、神様と仏様は違うでしょう。天武天皇は仏様の力で天皇になられたのですか」

「その両方の力を利用してなのだろう。ときどき遊びにおいでの老医師は、天武天皇は光輝く百済仏像を見て驚き、太陽を崇めた祖先神と合わせて、新しい律令国家の象徴神をお考えなのではと推理なさっていた。一理ある。あの方はなかなかの哲人だ」

憶仁は感服したように言った。

三　写経生

憶良は瀬田の大橋を渡って、湖に沿った道を北に急いだ。やがて道の左には蔦に覆われた大津宮の広い焼け跡が見えた。

裏山の崇福寺《すうふくじ》に着いたのは、琵琶湖の東にある御在所山《ございしょやま》の背後が明るくなり始めたころだった。

門前には四人の人影が少しずつ離れて立っていた。近づいて挨拶をしたものか迷っていると、門が開いて「こちらへ入りなさい」という声がした。男たちは黙ったまま、顔を出した若い僧の後ろに付いていった。みな二十歳ぐらいの若者だった。

「草履を脱いだら、足をよく拭いて上がるように」回廊の入り口で、案内の僧が言った。

五人はそれぞれ板張りの隅に積み重ねてある雑巾を取り、足を丁寧に拭って上がった。床が意外に冷たくて、憶良は思わず足の指先を立てた。

回廊は金堂に続いており、堂内ではすでに僧たちが写経作業の準備をしていた。写経用の紙を重ねた机。硯・墨・筆・文鎮を置いた机。錐・小刀・定規・綴紐などのある机のそばを通って、五人は突き当たりの小部屋に通された。

部屋には横長の座り机が縦横五列に並んでいる。正面のひじ掛け椅子に、白い髭の僧が腰を下ろしていた。

「近くの机に座りなさい」

案内の僧が言った。

「自僧はこの寺を借りた写経所の案主《あんじゅ》だ。今日はまず一枚の写経をしてもらう。あまり下手な字でも困るでな。いま皆が通ってきた金堂は文字の校正をしたり、紙を接《つ》いだりする場所だ。写経は講堂のほうでやっている」

案主が説明をしている間に、若い僧は硯や筆などの一式を五人の机に配った。

「写経は手本の経文を、字数、行数そのままそっくりに写すこと。紙は渡した一枚だけを使うので、文字の間違いは自分の工夫で訂正し、最後の行には署名を忘れぬように」

「では、始めます。入り口の鉦を鳴らしたら終わりです」

若い僧が言った。

墨をすり、夢中になって一枚の写経を終えた時間は、長いようでもあり、短いようでもあった。

憶良が写し終えて、手本と見比べながら一通り読み返したところで、鉦がジャーン、ジャーンと大きく響いた。

「それまで」

若い僧は言うと、紙を集めて正面の椅子の前にある横長の机に並べた。いつの間にか居なくなっていた案主が、また戻ってきた。

案主は立ったまま五枚の紙をしばらくじっと見つめていた。

「阿倍牛麻呂は端正ないい字だ。すぐにでも写経がやれそうだ」

席の順に紙が置いてあるらしく、案主は相手の顔を見ながら言った。

「だが、誤字が一ヶ所ある。河辺比古も筆遣いは合格だが、これも誤字が二か所、脱字が一か所。山上憶良は文字が丁寧で誤字脱字は無いが、全体に線の力が弱い。この三人は、半年もすれば、きちんと正しい写経ができるだろう。明日から講堂の写経主任の所に行きなさい。まだ聞いていないだろうが写経は書いた枚数でしか給与がもらえない。注意しないと、校正で写し誤りが見つかればその分は減俸になる。緊張する作業だが、早朝から昼までの間に、いまの紙の三倍くらいの長さだが、平均八枚は書けるし、誤りさえ無ければ日給六十文近くにはなるだろう。雇夫《こふ》（国が賃金を払って働かせる百姓《たみ》）に比べれば格段の収入だ。それに午後の残業勤務もある。やれば日給は倍近くになるだろう。百二十日以上勤務すると半年毎に季節の手当も出る。若いうちの仕事としては、いいほうだ。日給といっても支払いは月ごとに絁一疋《つむぎいっぴき》三〇〇文、木綿《もめん》一反二〇〇文などに換算して支払われる」

　案主は言った。

「それから、山田吉麻呂と布施広人は写経に向いていないようだ。もし写経所で働きたいなら、綴じや貼り付けなど雑用係りに回してやるが、どうだ」

　案主に言われて、山田吉麻呂はすぐ「お願いします」と頭を下げた。布施広人は小さな声で「止めます」と答えた。


　憶良は写経が楽しかった。これまで父に言われながら練習していた文字で給金が貰えるのだ。案主の注意を忘れずに力を込めて、丁寧に手本通りの写経を心がけた。

　最初の月は先輩から枚数が少ないと言われたが、憶良は気にしなかった。半年もたつと正確に先輩たちと同じくらいの写経ができるようになった。

　ただ、作業用の浄衣《じょうえ》が身丈に合わず、しかも臭くて閉口した。写経のときには必ず貸与された寺の浄衣を着なければならない。憶良の体を見て配付してくれたのだが、丈は短いし、腹の周りも窮屈なので、係りの僧に何度か訴えたが、一向に交換しない。「体を合わせろ」としか答えなかった。

隣の席の四十過ぎの先輩が気の毒がって、「いつか、二人でそっと倉庫内をかき回してみよう」と言ってくれた。

これは年末の大掃除の時に成功した。最初はどの箱も前の男たちの臭い匂いがするだけで、破れていたり、寸法がよく合わなかったりで、まともな浄衣が見つからず、見張りの先輩が「急げ、急げ」と小声でせかしていたが、最後にやっと憶良の丈と胴周りがぴったりの上下が見つかった。

ここでは一事が万事だった。必ず自分に配られた物を使って、元の棚に戻しておくのである。紙は枚数を記録して渡された。憶良は筆だけはそっと自分の物と交換しておいた。

憶良は写経が好きで、給与にもさほど不満はなかった。だが、さすが三年目を過ぎたころから、同じことだけの繰り返しで飽きと疲れが出てきた。それに腰と膝が痛み出した。「忙しい」と言われても、出来るだけ残業を断わるようになった。妻子が居る者はすすんで残業をしていたが、憶良はなるべく家で父の本を読むゆとりも欲しかった。

昼には食堂で一汁一菜の軽食が出る。干柿など甘い物が添えられる時もあった。食べ終わって帰る者もいたし、午後の写経まで白湯を飲みながら半時（古くは今の一時間）をゆっくり休む者もいた。

憶良は残業なしの時は軽食を済まして山を降りた。琵琶湖の水が流れ出す瀬田の川口まで来て大橋を渡り、川沿いの道を石山辺りで東に入ってわが家のある水口《みなくち》の方に向かうのである。

憶良はたいてい道の途中にある山里の磐座《いわくら》の杜《もり》で一休みした。ゆがんだ石段に腰を下ろしたり、木陰で本を読んだり、時にはちょっとそばの草むらで眠ることもあった。

道で農民に会うと、百済人の憶良にも軽く会釈をしてくれるのが嬉しかった。ときどき若い娘ともすれ違う。どんな娘を見ても憶良は自然に胸がときめいた。こんな娘と知り合いになれたらと思うようになった。

一度、若い娘とすれ違ったとき、思い切って声をかけようとしたが、怪しい気配を感じたのか、すばやく走り去られた。憶良は後ろ姿を眺めながらがっかりした。

「残業帰りの夜などは、女の所に通っているのですか」

食堂での軽食のとき、浄衣探しを手伝ってくれた隣の男が話しかけたので、憶良はどきりとした。

「いや、でも、なぜです」

「我はときどき田上山《たのかみやま》近くの女に通っているが、夜、何度か見かけたもので」

「住まいが水口の庚申山《こうしんやま》近くなので、田上の麓を通って帰りますが、親しい娘などはいません」

「何も隠さずとも」

そう言うと、男は憶良の肩をたたいて食堂を出て行った。

数日後、残業をしなかった憶良が、いつもの磐座《いわくら》の石段に腰を下ろして父が写した「論語」の冊子を開いていると、畑の道を歩いて来る娘が目に入った。背中に籠を背負っている。

「こちらに来るに違いない」

憶良はそう思って石段を降り、横の木陰に隠れた。

ときどき野良の帰りに、磐座の前まで来て頭を下げる農民を見かけることがある。思った通り、娘は石段の前で大きな岩に向かって頭を下げ、また引き返して行った。眉の濃い、しっかりした顔の娘だった。十八、九といったところだろう。色あせた野良着をきているが、小ざっぱりした身なりで好感がもてた。

「どのあたりの娘だろう」

去っていく、娘の後ろ姿を眺めながら、憶良は思った。

畑の畦道は少し曲がりながら山裾の森まで続いている。憶良は娘の集落を見届けたいと思って、間を空けながらつけて行った。山裾近くになると、道はすぐ森陰に折れていた。憶良はあわてて森に近づいた。

森と丘の間にいくつかの小屋が、散らばっている。ちょうど娘は一番奥の小屋に入るところだった。も少し近づいて小屋を見てみたかったが、そこまで行くのははばかられた。

「住んでいる小屋が分かっただけでもいい」

憶良は友達が出来たような気分になって、夕暮れの道を我が家の方へ急いだ。

父の憶仁は、いつも結婚相手は官人の娘をと言っているが、農民の娘でも、さっきのような娘と暮らせたらどんなに幸せだろう。

憶良は想像した。

といっても、こちらから声もかけがたい。この前のように逃げられたら終わりだ。若い娘に近づくには、倭の習慣ではどうするのが一番いいのだろう。憶良はいつか食堂で声をかけてきた年上の写経生を思い出した。

「いやな所もあるが、何かと親切だし、あの男なら農民たちの暮らしや習慣を教えてくれるに違いない。現にあのとき、女のもとに通っていると話していたし」

翌日、憶良は食堂で男のいる場所を探した。幸い見覚えのある、ちょっと顔の四角な男が、数人の仲間と食後の白湯を飲みながら給金の話に興じていた。

「先月は午前を二十三日、加えて午後も十日こなしたのに、行とばしを二回やって、四〇文を引かれてしまった。泣くに泣けん」

「我など、横棒の引き忘れで一文だ」

聞きながら笑っているのがあの男だった。

憶良は間をおいて男に近づいた。

「ちょっと相談に乗ってくれませんか。知恵をお借りしたい」

「あなたが、ですか」

男はすぐさま立ち上がり、憶良とその場を離れた。

「女でしょう。やはり」

にやにやしながら低い声で言った。

「まあそうですが、倭の習慣です」

二人は隅で胡坐をかいて向きあった。

憶良は好きになった若い娘のことを照れながら話した。

「これは、これは」男は嬉しそうに笑った。

「で、どうしようというのです。百済の習慣では、まず三拝して相手の母親に申し込みますか」

「いや、少しでも娘と話せたらと思って」

「男と女のことはみな同じです。どちらも近づいてみたいのですよ」

男は訳知り顔で答えた。

「こちらが、もっと若いならいいだろうが」

憶良は言った。

「二十三、四ならまだ若いうちでしょう。とにかく、用心して忍び込めばいいのです」

「人に知れぬように、やれるだろうか」

「月の夜、そっと小屋に入り、親に気づかれぬように近づくのです。言葉はいりません。いやな男だったら、娘は声を出すか、母親の方に逃げます。そのときはすぐ小屋を抜け出すのです」

「相手が、どうして分かる」

「月夜なら葦で作った小屋の中でも、お互いの姿はわかります」

「初めての男でも、大丈夫だろうか」

「知り合っている男なら一番いいが、熱心さです。相手が決めますよ。動物は皆同じです。ある時期になれば、たいてい雄がこれはと思った雌に近付きたいのです。だが、雌は最初少し離れて近づけない、といって逃げもしない。観察しているのです。この雄は子が産まれても巣立つまで守ってくれるのか。餌を運び続けてくれるのか。そりゃあ、動物だって体つきの良さなども考えるでしょう。人だって大きく違いはしません。汝も雄でしょう。雌に近付きたくて悩んでいるのなら、ひるまず近づけばいいのです」

「そうだなあ」

「ただ、人の場合は母親が近くにいますからね。昼の疲れでぐっすり寝込んでいればいいのですが」

「親が起きていたら」

「葦の隙間から中を覗いて、起きているようだったら、その夜は止めたがいい。それとも真っ暗な夜か。慣れないとこちらの方が難しい。とにかく小屋の外からよく観察して、最初は親に見つからぬことが大切です。娘だけならひそひそと話ぐらいはできます。相手がまあまあなら騒ぎはしません。男が無理を通せば、娘が大声をだし、親たちから追い出されます。騒ぎが大きくなると、近くの小屋の若者が駆けつけて、滅多打ちにされることもあります」

「詳しいな」

憶良は感心しながら聞いていた。もし、父にしれたら、絶対に許さないだろう。明日にでも将来のために、他の娘を探してくるに違いない。

しかし、いまはとにかく、憶良は何としてもあの娘に近づきたかった。話を聞いて心が燃えてきた。以前は、少しでも位ある人の娘に縁を持ち、出世の糸口を探したいと夢見た時期もあったが、今はそんなことなどどうでもよかった。相手が農民の娘でも、後は自分の力で努力して官人になり、位を得ればいいのだと思った。

幸い父は飛鳥に居る日が多い。父に知れることなどあるまい。でもいつ戻るかの心配はあった。憶良はこれまでいやな奴だと思っていた浮気な写経生が、憎めない男に見えた。

次ぎの日、憶良は軽食を済ますと、主任に頼んで残業を無しにしてもらって門を出た。憶良はどうも落ち着かなかった。

家に帰るなりすぐ裸になって、近くの小川に飛び込んだ。頭から水に浸かり、二か月以上そのままだった頭の後ろの結び目を解き、髪をばらばらにして水に揺らしながら何度も洗った。久しぶりで気持ちよかった。

川上の方では真っ裸で遊んでいる子供たちの歓声が聞こえていた。

憶良は家に入ると、なるべくほころびの少ない下ばきを選んではき、父に黙って衣類箱から古くなった麻の半袖を探して素肌の上にかけた。

通いなれている写経生が言う通りなら、農民の就寝は早い。暗くなって娘の小屋に忍び込めばいいのだ。行かねば始まらぬ。憶良は自分を励ましながら夕方まで一寝入りした。

アジュモニに呼ばれて目覚めたときは陽が沈みかけていた。庭の向こうに白い月が出ている。満月に近い。

用意してあった夕食を食べ終わると、憶良はすぐ立ち上がった。

「どこかにお出かけですか」

取り出してあった父の半袖を見てアジュモニが尋ねた。

「ああ、友達と約束がある。夜遅くなれば、直接写経所に行くから心配なく」

憶良はアジュモニに言って家を出た。

外は人の顔がはっきり分かるほど明るかった。憶良は青い稲田に沿った小道を倭人集落の方へ歩いていった。

やがて集落に近づくと、注意された通り草履を脱いで素足になり、腰紐に挟んだ。足音を立てぬようにと、すぐ逃げる準備だった。一足ごとに露に濡れた草が足首に当たってむず痒く、時折踏みつける小石が、なれない足の裏には痛かった。

大きな月が、女の小屋へ近づく憶良を見つめていた。

小屋の前では、憶良の足がすくんだ。周りに注意しながら、葦の隙間から中をうかがうと、月明かりで人影が見えた。自分の姿も辺りから見えているのに気付き、憶良はすぐ川蟹のように低く四つ這いになってのぞいた。

火のない丸いカマドを囲んでコの字に敷いた筵《むしろ》の上に、寝姿が散らばっていた。入り口のすぐ右に弟が寝ているようだ。カマドの向うに母親が寝ている。左にあの娘らしい姿が見えた。昼間見かけた美しい顔だった。幸い横には誰も寝ていない。娘の頭の方には母親の足があった。

憶良は四つ這いのまま入り口の方に行って立ち上がり、葦の戸をゆっくり持ち上げ、そっと引いた。

皆、よく眠っているようだ。憶良は静かに入り込んでしゃがみ、あたりの様子をうかがった。寝息だけが聞こえていた。

憶良は腹ばいになって、少しずつ娘の足元に近づいた。娘は体の上に丈の短い仕事着をはおっただけで寝ている。いつもなら膝下まで隠れている両脚の白い腿が、月の光でくっきり見えた。憶良は体を地面につけて土間に伏したまま、しばらくは気が遠くなりそうな思いで、美しい脚を眺めていた。周りの寝息に神経を集めながら、娘の筵までゆっくり這い上がり、夢遊病者のように白い腿に手を伸ばした。

憶良がひやりとした柔らかい腿に手を置いた瞬間だった。上から娘の手がすばやく憶良の手首をつかんで自分の真横に引き上げた。十八、九の娘とは思えない強い力だった。二人の顔は、ほとんどくっつくほど近くなった。

「ときどき石段のあたりで何かを読んでいる男ね」

娘は正面から憶良を見詰めながら小声で言った。憶良は小さくうなずいた。体が震えていた。

「あなたならよく知っている。名前は」

「オクラ」

「オクラ……。オクラというの」

娘は低い声で繰り返した。

ともかく、女の横でひそひそ話しながら一晩添い寝したら、その日はそっと帰る。帰りがけ名前を尋ねて、女が名乗ったら、次の夜は脈がある。写経生の教えた順序は初めから狂ってしまった。

「あなたの名は」

後から憶良も名前を尋ねた。

「ミハル」

「どんな字を書く」

「字はない。ただミハル」

娘は答えながら憶良をそっと引き寄せた。憶良は夢ではないかと疑った。女の頬を撫でた手で、乳房を何度か撫でてみた。娘はじっとしていた。憶良はおそるおそる試みようとしたが、うまくいかなかった。間をおいてみたが出来なかった。

「よくあること」ミハルは耳元でささやきながら憶良を抱いた。

憶良も黙って娘を抱いた。

しばらくすると、ミハルは昼間の疲れから憶良の胸に顔をつけたまま眠ってしまった。憶良はいろんな思いで眠れなかった。ミハルは憶良の体に身をあずけたまま、ぐっすり眠っている。

憶良は娘の寝顔を月の光で眺めながら、ふと、写経所のことを思い出し、そっと体を女のそばからずらした。

「明日、また来るの」

女は目を覚ますと尋ねた。憶良はうなずいた。

憶良の次の夜は、いろんなことがうまくいった。ミハルの体が、憶良を柔らかく包んでくれた。夢のようなひと時をすごし、憶良はまた明日を約束して早めに小屋を出た。アジュモニに二日も嘘をつけなかったので、一度家に帰って顔を見せ、写経所に行こうと考えていた。

憶良は三日通えば結婚と同じだと聞いていた。こんな娘と家庭を持つのは夢だったが、父を説き伏せるのは困難だろう。どうするか。気づかれる前に切り出さねばと思いながら家に戻った。

だが、その夜はいつもと違ってわが家の庭が灯火でぼんやり明るかった。垣に面した板の間に父とアジュモニが座っていた。

二人は寝ないで憶良を待っていたのだ。家の近くまで帰っては引き返すことなど出来なかった。

「もう写経所に行く時刻だろう。写経所を軽く考えるようでは、官人にはなれぬぞ」

憶仁は静かに憶良に言った。

「お前は農民と同じように畑仕事ができるのか。遅れてもいい、言い訳は何とでも出来るだろう。今からすぐ写経所に行きなさい。今なら案主の耳に届かず、写経所主任のところで処理される」

憶良は己の決心をひと言述べたかったが、何も言えず、外に立ったまま父の言葉を聞いた。横に居たアジュモニが、しきりに頷いていた。

憶良はただ「はい」と返事をして、そのまますぐに大津への道へ飛び出した。

「二日も遅刻するとは珍しいな。それにやっと始めてくれた残業も休んでいる。たとえ少しくらい体調が悪くても、せっかくの案主の期待を裏切るな」

写経所の主任は憶良の姿を見るなり、強く戒めた。

憶良は残業の帰りにミハルの小屋に忍び込んで、写経所の事情と家の事情を話した。我の勝手な考えだが、今後は間をおき、短い時間にして夜這うことにしたいのだがと、恐る恐る切り出してみた。

「それがいい」ミハルもあっさりと言ったので、憶良のほうがかえって驚いた。

「実は、母があなたに気付いていて、どうしても認めないのです。畑仕事をしない男では駄目だとの繰り返し。集落の戸主《へぬし》に相談しても、諦めて男を替えろと言うばかり。こちらから知らせるまで、通うのを止めてください。話がつけば弟に連絡させます」

ミハルはしきりに母親を気にしていた。

憶良は未練がましく、再度事情を尋ねた。

「母は早く若い男を入れたいと考えているのよ。わたしがこれから夜這う男を返し続ければ、根をあげて許すでしょう」

「出来るのかな」

憶良は心配しながら言った。

「残業の帰りにでも、ちょっとあなたが寄れる時があれば、小屋の様子によく注意して、オクラと分らぬように忍び込んで」

別れぎわにミハルが言った。

四　ミハル

　怠けた写経所勤めを父に戒められた後の憶良は、恥ずかしさを忘れたくて、写経に精を出した。家では多くの時間を学習に使った。

　憶仁は憶良が家を空けた理由などは、あのまま問い詰めなかった。官人の娘との結婚話もしなくなり、論語学習の後は、もっぱら天武朝の話などをしてくれた。

「宮中やあちこちの寺で金光明経《こんこうみょうきょう》四巻の講義が続けられているらしい」

「写経の仕事など、増えるのでしょうか」

「仏教の普及は、天皇祖先神を各国の土地神より別格として祀る計画と共に、倭国をまとめる柱の一つなので、続くだろう。それに今年の二月に、律令を定め、法式《のり》を改める詔が出ている。三月には川島皇子たちに『帝紀（天王の系譜）及び上古の諸事（昔の説話など）』を記して校訂するようにという勅も出たそうだ。倭国では律令制定も史書作成も京の造営も、みな唐が手本なのだ。実際の執筆や造営などには、百済から来た知識人や技術者たちの参加が必要になる。国は滅びたが我らは誇っていい」

「だけど、父さんたちの世代は唐から受け継いだ知識をお持ちでも、倭国育ちの我は漢文を読むのがやっとです」

「それでも声がかかったら、読み解きながら加わるのだ。写経生にも道は開かれている。士たる夢を持て」

憶仁は励ました。

憶良は父の思いに答えようと、以後はただただ写経と論語の読み書きで毎日を過ごした。


残業の日など、憶良は何度ミハルを訪ねたいと思ったことだろう。だが、行動には移さなかった。父に知られるのも怖かったが、今の目標はまず官人になることだった。でなければ妻子も養えぬ。そう思いながら生活を続けた。

とはいえ写経所の帰りには、時おりミハルの集落に近い磐座《いわくら》の杜《もり》に回って一休みした。森陰の向こうにミハルの住む小屋がある。畑の帰りにでもここを通るかも知れぬという淡い期待を抱いて腰をおろした。

残業の夕方などは、磐座の石段で星空を眺めながら、カマドのある狭い土間、莚の手触りなどを思い浮かべた。

今でもミハルは我を想っているだろうか。もし忍び込めても、母親に気付かれたら大騒ぎになるに違いない。憶良は我が家の近くまで未練を残したまま帰った。

そんな日々の夜、寝ようとした父が急に意識を亡くした。気づいて頬を叩いたが、目を開けなかった。口元に顔を近づけても、息が確かめられない。手首に指を当てたが脈も伝わらなかった。

憶良はすぐアジュモニを起こした。

「父の意識がない。気付け薬を煎じて、布で口を湿らせてみてくれ。我は神前《かんざき》郡の老先生を呼んでくる」

出がけに叫ぶと、憶良は下袴の左右を膝の上まで巻くり上げながら駆け出した。

憶良は老医師を大声で起こして父の病状を知らせた。

「口に頬を当ててみたか」

「はい、手首に指を当てて脈もみましたが、感じられません」

「よし、すぐ行こう」

老医師は薬箱を抱え、憶良は持たされた灯火で先導した。

医師の歩き方は心もとなかった。気が急くせいか、小さな石ころにまで躓いた。二人が水口《みなくち》の家に着いたのは、いつもなら憶良が崇福寺に出かける時刻だった。家では父の傍に薬鉢や椀などを取り散らしたまま、アジュモニが大声で泣き叫んでいた。

医師はすぐ脈を診たのち、憶仁の口や目をあけたり、胸を何度も押したりした。最後に耳を胸に長いこと当てていたが、憶良を振り返りながら首を振った。

「駄目ですか」

老医師は肯いた。

アジュモニの泣き声は獣のようにひときわ大きくなった。

憶良はただ呆然としたままだった。不思議に悲しさはなかった。アジュモニが持って来た桶の中で老医師が丁寧に手を洗う水の音を耳にしながら、生前と少しも変わらぬ父の顔の表情を見詰めていた。

あれだけ泣き叫んでいたアジュモニが、手桶の水を庭に捨てると改まって、「今後の準備はいかがしましょう」と憶良に尋ねた。

「今夜はそのままでいい。父はゆっくり寝せておきなさい。アジュモニも休まなくては。あとのことは、明日にでも集落の知人に相談してこよう。葬儀は内輪でいいだろう」

「いいえ、朝廷の医師だったお方です。あちこちに多くの知り合いがおいでです。きちんとなさらないと」

「じゃあ、百済の寺にでも尋ねてみよう。それより、済まぬがすばやく老先生の寝床を向こうの部屋に整えてくれ。先生もお疲れだろうから」

憶良はアジュモニに頼み、改めて老医師に深く頭を下げて礼を言った。憶良は疲れたが重い荷をおろしたようなほっとした気持ちになっていた。

葬儀は翌々日に決まった。

朝廷からは使者が遣わされ、天武十五年五月九日付で「侍医百済人憶仁に勤大壱《ごんだいいち》（後の正六位上）の位を授け、百戸の食封を賜る」という書状を受けた。

いろんな後始末が済んだ後、憶良はアジュモニに感謝して「これからは、どこか縁ある家に移ってもいいし、このままここで働いてくれてもいい」と言った。

「できればここでお世話を続けとうございます」

アジュモニが答えたので、憶良はいつまでも気兼ねなく居るようにと頼んだ。

七日後に憶良は写経所に行き、父の死の報告をした。案主が別室に呼んで静かに弔意を述べてくれた。

「滅びた近江朝廷の侍医憶仁のご子息だったのか。汝を官人に出来なかったのは心残りだったに違いない。近くの方丈に御父上とご昵懇《じっこん》だった元の住職がお住まいだ。亡くなったことをお知らせ方々ご挨拶に行くといい、お力になっていただけるだろう」そう言って、その後もいろいろと憶良に目をかけてくれた。

昼休みに方丈を尋ねると、住職は白湯を飲んでおいでだったが、上がるように勧められた。

住職は父を亡くした憶良に慰めの言葉をかけられ、川島皇子のことをお話になった。

「滅ぼされた天智天皇の皇子だが、浄御原宮《きよみがはらぐう》では天武の皇子たちと帝紀の整理などをなさっている。気晴らしにか、時おり歌や漢詩の会をなさっておいでらしい。汝も漢詩が少しできるそうじゃないか、伝えておくので、知らせがあれば集まりに出てみるといい」

憶良は頭を低くして感謝した。

父憶仁の死の翌六月ころ、天武天皇の体調が悪いという噂が写経所にも伝わって来た。

天皇は新しい国造りを皇后や不比等と共に進めていたが、天皇の祖先神を祀る神宮の建築も、国家仏教による豪族の宣撫もまだまだ進んではいなかった。史書の作成も、律令の改定も、完成は次の代を待たねばならなかった。

道半ばで病に伏した天皇は皇后の願いを受け入れ、天武十五年（六八六）秋七月に勅して「天下の事、大小を問はず、ことごとく皇后及び草壁《くさかべ》皇太子に申せ」と遺言し、九月九日に五十六歳で崩御された。

天皇には各妃に産ませた男子が多かった。皇后との間に草壁皇太子・他の妃に大津皇子《おおつのみこ》・長皇子《ながのみこ》・弓削皇子《ゆげのみこ》・舎人皇子《とねりのみこ》・穂積皇子《ほづみのみこ》・高市皇子《たけちのみこ》・忍壁皇子《おさかべのみこ》・磯城皇子《しきのみこ》・新田部皇子《にいたべのみこ》と十人を数えたし、その他、自身の娘泊瀬部皇女《はっせべのひめみこ》と結婚させた天智の子川島皇子《かわしまのみこ》、天智と越采女《こしのうねめ》の子志貴皇子《しきのみこ》が飛鳥に住いを与えられていた。

皇后の不安は、これら皇子のなかでも天武天皇と共に壬申の乱で戦って勝利した高市皇子と、文武に秀でて官人たちに人望の厚い大津皇子だった。高市皇子の母は、筑紫胸形《むなかた》氏の娘なので身分が低く安心だが、大津皇子は皇后の姉、亡き太田皇女の皇子で、百済救援のために筑紫に下ったとき、草壁皇太子と同じころ、那大津《なのおおつ》（博多）で生まれていた。天皇の遺言を取り付けているものの、わが子草壁皇太子は病いで体が弱く、大津皇子は豪族の多くに慕われているのが気がかりだった。

天皇崩御の後、皇后は二十六歳の病弱な皇太子に代わって直ちに自身が政務をとり、藤原不比等を相談役にして朝廷を支配した。

不比等は若いが、皇后の父天智大王が深く信頼した重臣鎌足の子で旧知の間柄だった。天武時代になってからの不比等の政治才能もよく知っていた。

天武天皇崩御後、葬送の為に十数日かけて宮廷の南庭に、これまでにない立派な殯宮《もがりのみや》が造営された。

内部では近親者、女性などが奉仕する私的な秘儀が行われ、庭では皇子や諸臣、多くの官人たちがそれぞれ誄《しのびごと》を奉った。誄とは故人の功績を述べ讃《たた》えて、思い偲ぶので、亡き人の魂を慰める儀式である。これはまた新たな皇位後継者へ服従する誓いでもあった。持統皇后は夫の為にこの儀式を長々と二年二か月も続けた。

その行事が始まって間もなくの十月二日に、二十四歳の大津皇子は私邸で突然捕えられ、翌日には、裁きもなしに謀反《むほん》の罪で磐余《いわれ》（桜井市）の訳語田《おさだ》の家の庭で処刑された。

妃《きさき》の山辺《やまべ》皇女は邸《やしき》から裸足のまま皇子に駆け寄って、髪を振り乱して取りすがり、後追いの殉死をしたと伝えられている。

初冬の風の冷たい夕暮れどきだった。

憶良たちの写経所では、この謀反についての疑問がひそひそと交わされ続けた。

大津皇子が処刑される前に、磐余の池の堤で詠んだという歌も後に写経所へも伝わってきた。

大津皇子死を賜り時に、磐余の池の堤にして涙を流して作らす歌

百伝《もも》ふ磐余の池に鳴く鴨を
今日のみ見てや雲隠《くもがく》りなむ
（磐余の池に鳴いている鴨を今日限りに見て、私は死んでいくのだろうか）

大津皇子は天武天皇崩御後すぐに、身の危険を感じてか、一人密かに姉の大伯皇女《おおくのこうじょ》が奉持《ほうじ》している男子禁制の滝原の伊勢大神《いせのおおかみ》の斎宮《さいぐう》を訪れたらしい。何かの相談だったのか、危険を感じての別れなのか分からないが、万葉集に大伯皇女の歌が残されている。

大津皇子、ひそかに伊勢の神宮《かむみや》に下りて、上り来る時に、大伯皇女の作らす歌二首

我が背子《せこ》を大和へ遣ると小夜更けて
暁《あかとき》露に我が立ち濡れし
（我が弟を大和へ送り返そうと、夜が更けて、明け方の露に私は濡れてしまった）

二人行けど行き過ぎかたき秋山を
いかにか君がひとり越ゆらむ
（二人で行っても行き過ぎがたい暗い秋山をどんなにしてあの人は越えているのだろうか）

父の弟である天武に滅ぼされた大友皇子といい、皇后が命じた、大津皇子の逮捕、翌日処刑といい、憶良は聞くほどに朝廷の権力争いが不気味だった。

こういった朝廷の官人になるより、憶良は農民の暮しに心が傾いた。しかし、食べる物にも事欠く毎日では、世を捨てるのと同じだった。憶良はミハルと暮らす夢は捨てず、官人になるために勤務を続けた。

だが、父の死後半年経つと、写経所で根を詰めて仕事をしている憶良も、ミハルの小屋がこれまで以上に恋しくなった。

「今ごろどうしているだろう。もう、そばに誰か男が居るのだろうか」

想像すると憶良はじっとしておれず、十一月の初めごろ、思い切って集落への畦道を歩いた。辺りに気を配りながら小屋に近づき、葦の隙間に顔を寄せると、星明かりでぼんやり人影が見えた。弟の姿はなかったが、母親もミハルも以前の場所に一人ずつ寝ていた。

憶良は注意して入り口の葦戸を引いた。二人とも昼の疲れで眠り込んでいるらしい。ミハルの横にたどり着いたが、いろんな物を体に掛けて、まだ静かな寝息を立てていた。そっと女に寄り添った憶良は、微かな明かりで久しく逢わなかった顔を見詰めた。あまり気づかぬので指先で軽く頬をつついてみた。

「あなたなの」半分眠った様なミハルがつぶやいた。

「違う、違う。俺だ、憶良だよ」

憶良は耳もとで知らせた。

「えっ、やっぱりあなただ」

言いながらミハルは横の憶良を素早く抱き締めた。

「もう来ないと思って、待っていた」

ミハルは憶良に顔をつけて言った。

「半年前に父を亡くしてね。今は官人になるため、仕事に懸命なのだ」

「そうだったの。来てくれて嬉しい」

声はだんだん大きくなった。

「母親が目を覚ます」

憶良はミハルの口を塞いだ。

「いいのよ、長い間、誰が忍んできても相手にせず返すので、母も困り果てているのだから。オクラと分かっても平気。今日は夜明け近くまで居て」

「いや、夜明けに着くように、またすぐ、ここから写経所に行こうと思う。そうすれば、仕事を休まずに済む」

「そうね。来てくれたのだから。いい考え。まだ時間はあるし」

ミハルは本当のできごとだろうかという表情で言った。憶良も現実なのだと、筵やカマドを確かめていた。

憶良が一眠りして目を覚ますと、ミハルは眠らずに起きていた。葦の隙間から星の位置を見て「いま行けばお寺までゆっくり間に合います」と言った。竹かごの中の山芋を折って渡してくれた。憶良は途中の小川で芋を洗って、かじりながら寺への道を急いだ。

家のアジュモニを気にしていた憶良は、その日は午前の作業が終わると残業せず、明るいうちに戻った。

「おやおや、お元気でお帰りですか」

足音を聞いて素早く出て来たアジュモニが言った。

アジュモニはすぐ台所へ向かいながら背を向けたまま「写経所にはきちんと通わねば、お父さんに相すみませんよ」と付け加えた。

アジュモニは気づいているのだと思い、その日から残業の夜はミハルの小屋に寄って、夜明け前にそのまま写経所に行き、次の日は残業をしないで家に帰るという日を続けた。

写経所ではいろんなことを任されるようになった。写経済みの校正を頼まれたり、難波や飛鳥の官寺まで、写経した巻子本を届ける役目をしたりする仕事が増えた。忙しくて小屋に通うのも間があくようにはなったが、それだけに会えた夜は嬉しかった。母親はまだ憶良によそよそしかったが、話はもうこそこそとしなくてよかった。

翌年の春、仕事が忙しくて通うのが間遠くなっていたころ、ミハルの弟が家にやってきた。

「できたら明日の夜にでも来てください」

という伝言だった。


次の夜、二人は久しぶりに会ったが、ミハルはなかなか呼んだ訳を言わなかった。

「子どもが出来たようです」

間を置いてやっとミハルが声を出した。

「そうか」

憶良は何とも不思議な気持ちで、少し膨らんだような感じのする腹を眺めた。

子供が出来る。これまで憶良は永い間独り同然の暮らしだったので、分身ができるのが嬉しかった。そばに子どもが居るのは、どんな感じなのだろう。早く官人になって子どもとの暮しが出来たらと思った。

「でも」と改まった顔でミハルは説明した。

「母は子どもができても、相変わらず結婚は承知しません。集落の戸主《へぬし》も同じ意見です。農業ができないという理由です。子どもが生まれたら、我が小屋の子にするそうですが、仕方がありません。働き手になるのですから。しかし、成長するまで、いつまでも通って来てください」

子どもが出来たことでミハルは元気になっていた。

「産まれたら知らせます。男と女の名前を考えておいて」

そんな約束をして、二人は別れた。

時おり通うと、だんだん腹が大きく前に出て来るのが分った。

その年の十月に、男の子が生まれた知らせがきた。

憶良が午後早く、急いで小屋に入ると、眠っている赤ん坊を囲んで、母親や同じ集落の人たちが喜び合っていた。結婚には反対している母親も戸主も歓迎してくれた。

「男の子ですよ」母親が言った。

ミハルの横に寝ている赤子は、最初、憶良には猿のように見えたが、眺めているうちに何とも妙な親しみが湧いて、顔もどこか人らしく見えてきた。

名づけの日、憶良は子どもの誕生祝に用意した「絁一疋・布一反・鍬《くわ》五口」を親子の枕元に並べた。ひと月働いた給金全部だった。

「これらは、どこかの市へ行って、米や何か必要な物と交換してくるといい」

ミハルは並んだ品に驚き、誇らしげに涙を流した。母親が赤子の名を「たにし」にしたと言った。何でも占女に頼んだらしい。

「そんな名は嫌。憶良はね、文字を知っているのだから、憶良のつけた名にしたい」

ミハルは母親に反対した。

母と娘は長いこと言い争った末、やっとミハルの言う通りになった。

憶良は準備していた「ふるひ」という名を発表して、紙に書いた「古日」の文字を披露した。戸主が手を打って喜んだので、皆も合わせて喜んだ。古日はミハルの子だったが、戸全体の子でもあった。

憶良は残業の無い日の午後は、なるべく小屋を訪ねるようにした。残業の日でも夜の寝顔を見に行くことがあった。

三か月、四か月と、古日の可愛さは増してきた。憶良は愛しくてたまらなかった。写経をしている間も子供の顔が行間に現われるほどだった。

一年経つと、子供の可愛さはいよいよ増してきた。親にならねば、こんな幸せは味わえぬに違いない。仕事からの帰りに立ち寄った憶良の足音を聞くなりすぐ、「おとうさん」と言いながら駆け寄ってくるようになった。

これまで憶良は何とか官人になり位を得ることだけを目標にして仕事に励んでいたが、小屋に立ち寄るたびに、待ちかねたように笑顔で走り寄るわが子を抱きかえながら、これこそが無上の幸いだと思うようになった。引き取れたらどんなに良いだろうと思ったが、憶良はやはり仕事が大事だという考えを変えることはなかった。父の為にもミハルの為にも、まず写経生から抜け出したかった。

「仕事もいいけど、こちらも忘れないで」

帰る憶良から離れるのを嫌がる古日を無理に抱き取りながらミハルが言った。

その翌年、称制三年（六八九）三月、憶良は写経所の案主から特別に呼ばれた。

「よく仕事に励んでいるようだな」

案主は褒めてくれた。

「実は天武天皇の喪が明けたので、明日から一晩泊まりで、皇子たち大勢が狩りをなさるそうだ。人手が足りぬと聞いた。お供すれば何かつながりが出来るやも知れぬ。行きなさい」

案主が勧めてくれた。

「どんな仕事をするのでしょうか」

突然であり、憶良は困って訪ねた。

「とにかく行けばいい。夜は焚き火の側でのお伽《とぎ》だろう」

案主は言った。

翌日、憶良は白丁（貴族の供）の着る白い狩衣を借りて加わった。

主鷹司《しゅようし》を連れた皇子が狩り場で一日を過ごしたが、昼間は皇子たちが駆けて遠ざかる馬の蹄の音を聞きながら、憶良は白丁たちと荷物の番や弓矢の取り揃えなどをしていた。夕方の宴の時は、白丁と共に火を絶やさぬように薪を次々に投げ込むのが仕事だった。

「汝は経典や論語などに通じておるそうじゃないか」

火のそばに来て憶良を見つけたどこかの皇子が、酒に酔った声で尋ねた。

「父に学びましたが、深くは」

憶良は答えた。ただそれだけで終わった。

翌日の夕方、疲れた憶良が狩り場からの帰りにミハルの小屋近くまで行くと、小屋の外まで異様な声がしていた。中では白い襷をかけた巫女が幣《ぬさ》と鏡を取りかざし、何か大声を出しながら天を仰いでは祈り、地に伏しては祈りを繰り返しているのだ。

真ん中に青白い古日が寝かされていた。ミハルは子の枕辺に座って、涙を流しながら小さな手を握っている。ミハルの母親は古日の足元で、何度も両手を挙げたり、下げたりしていた。

憶良は手に提げていた旅の荷物を放り出すと、夢中でわが子の横に座り込み、胸を叩きながら叫んだ。

「古日よ。古日よ。どうした」

憶良に気付いたミハルは、彼の背にもたれかかって大声で泣いた。

「何があったのだ」

憶良は振り返って、ミハルの両肩に手を置いて問うた。

「あなたが出かけた夜、急に熱を出して咳をしているうちに、息が出来なくなった。ぐったりしたまま」

「薬は」

「母さんが煎じて飲ませたけど、少し口に入れたきり」

「今朝からずっと息もしない」

「今朝からか」

憶良が再び子の胸を打ちながら「古日よ。古日よ」と呼びかけたが、何の応答もしなかった。古日の体は動かなかった。

「すでにもう、魂は黄泉の国へ行っておいでです」

白い領巾《ひれ》を何度も振り続けていた巫女は端に退いた。集まっていた人たちの急に泣き出す声が小屋中に満ちて息苦しかった。

その夜は、親子三人が体を並べて古日の側に寝た。

あくる日は古日の着せ替えをして、枕元に竹作りの玩具や糸くずで作った毬などを置いた。ぼんやりしているミハルや憶良に代わって、ミハルの母親が戸主たちと野辺送りをした。幼子の親は見送らぬ仕来たりらしかった。憶良は後から行って、盛り上げた土の上に、狩場から土産に持ってきた鷹の羽を突き刺してきた。

古日の死を諦めるために、憶良はこれまで以上に写経に励んだ。ミハルは畑の耕作に精を出し続けた。憶良は短くてもできるだけミハルの小屋に立ち寄ることにした。

五　新しい時代

天武崩御《ほうぎょ》後、皇后は即位せずに病弱な草壁皇太子に代わって政治を行なっていたが、皇太子は三年後の四月に二十八歳で薨《みまか》った。皇后は悲しみの中で、翌称制四年（六九〇）一月一日、持統天皇として即位した。

夫の天武は大臣などを置かなかった。だが、持統は夫のやり残した事業完成の為に、藤原不比等との関係をより密にし、七月に高市皇子《たけちのみこ》を太政大臣に丹比嶋真人《たじひのしまのまひと》を右大臣に任命。太政官の下に諸官を選任。

持統五年（六九〇）十月には新京の予定地を高市皇子に視察させ、藤原宮の建設が始まった。全国から集められた力役の百姓《たみ》の働きで、藤原宮の造営が進むのと時を同じくして、天武念願の伊勢神宮の造営も行われた。新たな律令制での税制をもとにした国家あげての大事業だった。伊勢神宮の費用、労力は主に伊勢地方諸国が負担し、持統六年二月には皇大神宮の社殿が出来上がったので、天皇は伊勢行幸の詔を出した。

しかし、この行幸には中納言大神武市麻呂《おおみわたけちまろ》からの諫言《かんげん》があった。

「農民は疲労しており、農作の妨げにもなるのでこの時期に動きたまうべきでない」という上奏だった。大神氏《おおみわ》は、大物主神《おおものぬしのかみ》を祀る三輪山がご神体の大神信仰を支えている人である。大神武市麻呂の背後には、これまで全国各地で崇拝され、維持されてきた土地神の上に最高神を作り出し、特別化して祀ることへの氏族、豪族たちの反発もあった。

中納言の職を賭しての二度目の諫言も聞かず、持統天皇は三月に伊勢行幸を行なった。

武智麻呂は冠を置いて職を辞した。

天皇は伊勢神宮の造営に協力した伊勢、志摩、伊賀の国司などに冠位を与え、造営に携わった者たちにその年の調・役を免除。

朝廷は、もともと渡会県《わたらいあがた》と呼ばれ、渡会氏が県造《あがたのみやつこ》として伊勢大神を祀っていた伊勢国の多気郡《たけ》と度会郡《わたらい》を神郡《しんぐん》にした。郡の租・庸・調で新しい皇大神宮を賄う為である。(朝廷は後に、飯野郡、員弁郡《いなべ》、三重郡、安濃郡《あの》、飯高郡、朝明郡《あさけ》を神郡に加えた)

天武・不比等の考えは、神話の天照大神を天皇祖先神として出現させることで、土地神を下に置き、クニの時代から続いていた、氏族、豪族の私有地私有民制を公地公民制に転換しやすくすることにあった。

持統八年（六九四）十二月藤原宮に遷都。

持統十一年（六九七）八月に故草壁皇太子の子である十五歳の軽皇子を天皇として即位させた。文武《もんむ》天皇である。

文武の皇后には不比等の娘藤原宮子《ふじわらのみやこ》が選ばれた。しかし、宮子は皇族ではないので、位の呼び名は皇后でなく、夫人《ぶにん》だった。

持統は太上《だいじょう》天皇として若い天皇を補佐。夫人の父不比等と共に政治を行なった。

唐の法律では、太上天皇は譲位した天皇の尊称だが、立法者の不比等は持統の為に天皇と同じ権限を持たせていた。

文武二年（六九八）十二月、文武天皇は五十鈴川上流の多気《たけ》郡宮川に祀っていた多気大神宮《たけのだいじんぐう》を造成なった宇治に遷宮して、皇大神宮とした。伊勢神宮である。

文武四年（七〇〇）六月には律令共に完成。撰定者の刑部親王《おさかべしんのう》・藤原不比等・粟田真人らに禄を賜った。

こうして持統上皇・不比等を中心に、次世代への準備が完成し、文武五年（七〇一）の元旦朝賀の儀は、新律令の施行、皇大神宮完成、藤原遷都七年、文武天皇即位五年を記念して、これまでになく盛大に行われた。

藤原宮大極殿正門に烏形《うけい》の幡《はた》を立て、左に日像《じっしょう》・青竜《せいりゅう》・朱雀《しゅじゃく》、右に月像《げっしょう》・玄武《げんぶ》・白虎《はくこ》などの各種色鮮やかな幡をなびかせるといった、中国流を取り入れた朝賀の儀だった。

高官が「文物《ぶんぶつ》の儀ここに備われり」と誇らしげに告げたが、そんな気分が朝廷全体にはみなぎっていた。

文武五年正月二十三日には唐との争い後、中止になっていた遣唐使再開を発表、第七次遣唐使節団が任命された。

遣唐執節使《けんとうしっせつし》　直大弐《じきだいに》　粟田朝臣真人《あわたのあそんまひと》
大　使　直広参《じきこうさん》　高橋朝臣笠間《たかはしのあそんかさま》
副　使　直広肆《じきこうし》　坂合部宿禰大分《さかいべのすくねおおきだ》
大　位　務大肆《むだいし》　巨勢朝臣祖父《こせのあそんおおじ》
中　位　進大壱《しんだいいち》　鴨朝臣吉備麻呂《かものあそんきびまろ》
小　位　追広肆《ついこうし》　掃守宿禰阿賀流《かにもりのすくねあがる》
大録《だいろく》　進大参《しんだいさん》　錦部連道麻呂《にしきごりのむらじみちまろ》
少録《しょうろく》　進大肆《しんだいし》　白猪史阿麻留《しらいのふひとあまる》

少　録　无位《むい》　山於憶良《やまのうえのおくら》

四十二歳の憶良は無位ながら遣唐使の少録に任命された。少録は書記である。

三月には対馬から金が献上されたことを瑞祥として改元。「大宝」という我が国最初の年号が立てられ、文武天皇五年（七〇一）は三月から大宝元年となった。これも天皇制律令国家としての面目だった。「大宝」以後は倭国でも正式に「元号」が使われることになった。また官名・位号も新しく改正され、各々新階位を名付けられた。

この時、藤原朝臣不比等は日本書紀の執筆と大宝律令の編集の功により正三位大納言になった。大臣に次ぐ位である。

四月の遣唐使拝朝の儀では、それぞれに叙位があり、大宝令での新しい名称の位を賜った。憶良は無位から二階級進んで、少初位上《しょうそいじょう》となった。

遣唐使拝朝の儀から帰った憶良が父の霊前に報告している後ろでは、青ざめたアジュモニが気抜けしたように座り込んでいた。

「無位からすぐ二階級上の少初位上でございますか」

「夢みたいです」を何度も繰り返した。「甲斐がございました。やはりちゃんと神様、父上、母上が見ておいでなのですよ」

アジュモニは立ち上がるなり、箱から衣類を取り出して出発の準備を始めた。

「まだ早い。難波津の出発は五月だ」

憶良の声を聞くと、アジュモニはやっと落ち着いて憶良と共に笑った。

翌日、憶良はミハルにも知らせに立ち寄った。ミハルは喜びながらも心配そうだった。

「遣唐使船は、嵐で沈む船も多いそうよ」

「人には死んでもいい時があるのだ」

「でも、わたしは写経生の憶良の方が好き」

「我の念願がかなったのだぞ」

「それはわかっているけど。憶良がだんだん遠くに消えていきそうで」

ミハルは喜びとも、淋しさともつかぬ顔をした。

出発の朝、小屋に立ち寄ると、ミハルは旅の荷物の一部を背負い籠に入れて途中まで送ってきた。初めに会った時、背負っていた籠だった。籠にはいつもの鍬を入れていた。

「何で見送りに、鍬も入れて来るのだ」

憶良は言った。

「見送るのはあなたと初めて会った磐座の前の畑の小道まで。あとは畑を耕しながら見送ります」

ミハルは言った。

畑の畦道で二人は別れた。憶良は畑の方を振り返り、振り返り歩いた。しかし、ミハルは一度も顔を上げず、ただ鍬を畑に力強く打ち下ろしていた。憶良が振り返るたびに、ミハルは鍬を打ち下ろしながら少しずつ後ろに下がっていた。

最後に憶良は畑のミハルに向かって「行ってくるぞ」と大声で叫んだ。ミハルには聞こえたのか、聞こえなかったのか。鍬の上げ下ろしをするだけだった。

しかし、憶良はただ前だけを向いて難波へ出る山道へと駆け出した。

「唐だ！　大陸だ！」

憶良は、いきなり大声で叫んでいた。

山の麓で憶良は、下賜された革の靴をミハルが編んでくれた草鞋《わらじ》に履き替え、伊賀へ続く坂道を嬉々として上った。

伊賀の盆地に出ると、まず棚田の畦に腰をおろした。長い間雨が降らぬので、伸び始めた稲の葉先が、どの田も白くなっている。

「ミハルの稗《ひえ》が、うまく芽を出せばいいのだが」

憶良は畑を耕していた姿を思い浮べた。

少し休んだ憶良は、木津川沿いを西へ歩いて笠置《かさぎ》から南に折れ、飛鳥路に入った。初瀬まで出ると、三輪山《みわやま》の山すそから藤原京が見えた。

遣唐使拝命の時はもっと北寄りに降りたので、今こうして上から眺めると、長方形に造成された広い藤原京全体がよく見えた。中央にある土塀に囲まれた正方形の藤原宮が、朱や青や白に彩られている姿はひときわ目を引いた。今までの宮と違って瓦葺きである。

北の耳成山《みみなしやま》を頂点にして東に香具山《かぐやま》、西に畝傍山《うねびやま》を置いた三角地帯にある藤原宮は、三山に守られているような場所だった。

憶良は藤原宮の北を通る横大路に下りて、西の大津皇子が葬られている二上山《ふたがみやま》の方へ歩いた。難波館集合は明日の正午だったし、生駒山地でゆっくり野宿して、明日は穴虫峠越えで難波に出ようと考えていた。

アジュモニが憶良の野宿のために、我が家にあった古着を解いて継ぎ合せ、薄いが、広い夜具を作ってくれていた。今の季節なら体に巻きつけても、折り畳んだまま上に掛けても寒くないだろう。継ぎ合わせた布には、憶良の思い出が詰まっている。少年の日に憶良が着ていた衣類や父が羽織っていた薄茶色の古い衣も、アジュモニの古着も前掛けも混じっていた。

「どうぞ、お体に気をつけて勤めを果たし、無事にお帰えりください」

母親代わりのようだったアジュモニは、何度も繰り返した。

「ああ、もし我が無事に唐へ着いたら、長安の市場で何か珍しい土産物を買ってこよう。何がいい。楽しみに待ってなさい」

憶良は家を出る時に約束した。

「お土産には簪《かんざし》が欲しゅうございます」

アジュモニは言った。

二上山の麓に着いて、露に濡れぬように枝を横に広げた樹の下を探して入り、草を踏み慣らした。踏み慣らしていると、萎んだ死骸が泥まみれの貫頭衣《かんとうい》のまま小さな荷物を抱え込むようにして転がっていた。話に聞いた、故郷へ帰る力役《りきえき》の農民に違いなかった。

憶良はあわててずっと離れた場所に寝床をつくった。荷物の中から掛け布を取り出し、半折に広げて荷物を枕に寝転んだ。あたりは暗くなり始めていた。

あの死体にも、帰りを待つ誰かがいるのだろうと想像しながら、憶良は夜空を眺めた。

北の生駒山の上空には柄杓の柄を上にしたような北斗星が見えた。憶良がいつも夜の道を歩くとき、北極星を軸に回転する位置で時の見当をつける星だった。その北極星をはさんで反対側に馴染みの五つ星がある。五つ星は二つの山が並んだようにしているが、今は逆さになり、二つの谷に見えた。

星を眺めているうちに上の真ん中の星が憶良、右に光る星は父、左の星が母、その下の右の星は古日、左がミハルと勝手に想像して決めた。

生駒の空に集まっている、架空の一家だった。憶良の幼いころ母が亡くなり、数年前に父が亡くなり、その後、古日が死んだ。今、生きて愛《かな》しんでいるのは我とミハルだけなのだと思いながら、憶良はいつのまにか眠ってしまった。

薄い陽の光で目覚めた憶良は、ゆっくり干し飯と水の朝食を済まし、まだ寺の鐘が響かぬ正午前に、集合場所の難波館に着いた。

決められた時刻前に着いたのに、館の入り口には遣唐使拝命の時に知り合った筆頭録事が立っていた。

「おお、やっと着いたか。我は何度も来ているが、汝が迷いはせぬかと心配したのだ」

すっかり友達のような口調で呼びかけられたので、憶良はほっとした。筆頭録事は三人が使う部屋まで案内してくれた。

中では、もう一人の録事が寝ころんでいた。

「では、改めて名告《なの》り合おう」

筆頭録事が憶良に言った。

「我は少録《しょうろく》、少初位上《しょうそいじょう》山上憶良です。百済人で、父は近江朝の医師でした」

「医師のご子息か。我も百済系だ」

筆頭録事が、言い終わらぬうちに
「我は少録《しょうろく》で大初位下《だいそいげ》、白猪史阿麻留《しらいのふひとあまる》。同じく百済系」

次の阿麻留《あまる》がハッキリした口調で言った。若いが学問もあり、しっかりした考えを持っていそうに思えた。

「白猪《しらい》氏は古い百済系の名のある氏族だ。以前、大唐留学生に選ばれて、帰国後は新律令選定に加わった白猪史《しらいのふひと》の一族だ」

筆頭録事は説明した後に、己の名告《なの》りをした。

「我は大録《だいろく》で大初位上《だいそいじょう》の錦部連道麻呂《にしきごりのむらじみちまろ》。古くからいる百済系で、錦織りをつかさどっていたらしい。倭国遣唐使の録事を三人の百済系が支えるのだ。お互い仲間なので、上下関係など気にせずに仕事をしよう。我が筆頭録事を仰せつかっているので、協力を頼む」

阿麻留も憶良も「お願いします」と頭を下げた。

「大使の話は未の刻（二時）からだそうだ。我らの乗る船が長柄《ながら》の船瀬に浮いている。積み荷を始めているらしい。見に行こう」

大録が誘った。

三人はずいぶん前からの親友のように肩を並べながら、中州の道を歩いていった。

「ここは幾つかの川が流れ込んでいる入り江の台地だ。左に見える松林の向こうも海になっている。大きな杜《もり》は住吉社《すみよしのやしろ》で、あちこちにある建物は、百済館、新羅館、高句麗館などの名残だそうだ。三国との交流が盛んな時代は人や物の出入りが多く、賑やかだったらしい。台地の先端にある大きな囲いが難波宮跡だ」

三人は難波津の入り江に出た。向こう岸の長柄の船溜まりには、船の縁や欄干を眩しいほどの朱色に塗った遣唐使船が並んでいた。

「どうだ、五艘とも大きく立派な船だろう。瀬戸内の安芸《あき》で造らせたらしい。普段は四船《よつぶね》といって四艘で行くらしいが、今回は戦いのために間の空いた遣唐使で、謝罪の品などが多いのだろう」

甲板上には二つの大きな帆柱を挟んで三つの屋形があった。屋形といっても、藤原宮と同じように赤く塗った柱、白い壁、緑の連子窓の宮造りなので、船は青い海に浮いた小さな宮殿のようだった。

「この船に乗るのか。わくわくするな」

阿麻留がはしゃいた。

帆柱の帆は布を使わず、厚く削った竹を編んだ網代《あじろ》を継ぎ合せたものだった。数人の船員が網代を太い横木に括りつけ、帆柱の頂上の滑車に太綱でさげると、甲板の手巻き機で上げ下ろしの練習をしていた。

船の両舷には無風の時、水手《かこ》が出てきて櫓をこぐ板庇《いたびさし》があり、いざという時に大使を救う小船が括り付けてあった。

「我らは別れてどの船に乗るのだろうな」

憶良は仲良くなった三人がすぐちりぢりになるのが惜しかった。

「決まっている。汝は第三船だろう」

阿麻留が笑いながら言った。

三人が海岸から帰ると、係の舎人が「話が始まるので、関係者全員大広間へ」と言った。

三人はそのまま大広間に入って着座した。

話はすぐ始まった。

「今回、文武天皇から節刀《せっとう》を拝受した、執節使粟田朝臣真人《あわたのあそんまひと》です。節刀とは天皇からお預かりした、指揮権を示す刀です。今後、遣唐使は我と共に、己の役目を落ち度なく遂行していただきたい。それぞれが新しい律令国家の代表であるのを肝に銘じて行動するように」

執節使は静かに言った。

会場には遣唐使以外に、留学生、学問僧、史生《ししょう》、訳語生、主神《しゅしん》、卜部《うらべ》、陰陽師《おんみょうじ》、医師、画師、知乗船事《ちじょうせんじ》（船長）などが並んでいた。

「各船にはここに居る知乗船事五人の他に、風のない時など櫂で漕ぐ水手《かこ》だけでも五、六十人、それに水手長、音声長《おんじょうちょう》、梶師《かじし》、梶取り、船を守る射手たちなどが分かれて乗り込みます」

執節使は一息つくと、全員によく分からせるようにゆっくりした口調で言った。

「再開された遣唐使の目的は、先の戦いの為に三十年の空白を埋める新しい外交だが、この前の戦いのお詫びでもあり、以前、唐と取り決めた二十年に一度の朝貢《ちょうこう》（貢物を持っていく）使節でもあるのです。朝貢使だが、唐と我が国は冊封《さくほう》関係（臣下関係）にあるのではありません。卑屈にならず、礼を失しない、堂々とした振る舞いを望みます」

みな、しんとして聞き入っていた。

「それに、もう一つ、今回の我々には大変厄介な役目があります」

執節使は付け加えた。

「亡き天武天皇は外国に対し、『倭国』から『日本国』への国名の変更をお望みでした。今回、文武天皇は唐に『日本国』名を公式に認めてもらうという使命を我に託されました。この件は執節使が唐の皇帝に直接お話をします。その為に今後、遣唐使自身が『日本』という呼び名をしっかり身につけていただきたい。毎日の船上で倭国、ヤマトといった言葉を禁止します。『日本国』です。しっかり頭に入れておくように」

憶良はこれまでに多くの官人《つかさびと》を見たが、粟田朝臣真人ほど威厳があり穏やかな人は初めてだった。

その日の夕食後、発表された乗船の配分では、大録が第一船、阿麻留が第二船、憶良は第三船だったが、三人の表情には異存はないように見えた。

二日後に潮の具合をみての難波津出発となった。

船は内海を半月ほどかけて筑紫に着き、遣唐使と随行員は筑紫館《つくしのやかた》に入った。六月半ば、遣唐使は到着と出発の挨拶のために大宰府政庁へ出かけた。

筑紫館から大宰府政庁までは幅三〇尺（九メートル）ある広い直線道路ができていた。

「田舎にしては、えらく堂々とした道だな」

大位の巨勢朝臣《こせのあそん》が言った。

「これは来朝する唐の使者や新羅使などを迎えるためだ。倭国としての見栄だ」

誰かが言った。

「その倭国は禁止だ」副使が注意した。

大宰府に着いて、到着と出発予定の報告を終えると、形通りの宴になり、遣唐使たちは夜中に幅広い道を酔いでふらふらしながら筑紫館に引き揚げた。道下の田に転がり落ちて泥だらけになった者もいた。


筑紫出発は六月二十九日と決まった。

来年正月の唐の朝賀の儀式に参列する余裕を持ってのことだった。

柵封国や朝貢国が多数参加し、朝貢品が多く並べば唐の威信が高まるので、朝賀の儀に参列することも唐へ渡る目的の一つだった。

今回から渡海航路が変更になったというので、翌日、知乗船事たちが説明に訪れた。

これまでのように朝鮮半島沿いの海岸を北上して渡らずに、肥前の松浦半島を回って五島列島に寄り、上五島の合蚕田《あいこだ》を出発して、最西端の福江島の三井楽岬《みいらくのみさき》で天候を待って、大陸へ直接横切るというのだった。

「南の方で横切るのは初めての試みですが、短い航路だし、心配いりません」

知乗船事が説明した。

「しかし、朝鮮半島の沿岸を北に沿っていって奥で横切るほうが、ずっと安全でしょう」

随行の陰陽師が言った。

「それは安全だが、昔と違って友好国の百済が滅び、我が国が敵として戦った新羅が、現在朝鮮半島を統一しています。唐の反撃を恐れている新羅からは友好関係を結ぶ使いが来ているし、日本からも使節を出しながらお互いがまだ心からの信頼関係を築いていないと聞いています。特に戦いに船を出した沿岸では何が起こるか分かりません」

知乗船事が言った。

遣唐使一行を乗せた船は六月末、那津《なのつ》を出発した。三十三年ぶりの遣唐使船なので、那津の浜でも大勢の人々が見物に来ていた。船は朝出て、三井楽岬《みいらくのみさき》に着いた。いい風を捕らえて一気に大陸の蘇州《そしゅう》の海岸を目指そうというのだった。

大陸へはばらばらに着く可能性が大であり「着いた土地では日本国の使者であることを州の役人に名乗り、全船の到着を待つ」という手筈になっていた。

七月一日、曇り空だったが、南東の風を受けてそれぞれの船は二本の帆を上げた。これまで来た沿岸の島沿いとは違って、船の上下は大きかったが、船は順調に進んだ。

第三船の喬屋《きょうおく》（船尾にある高い建物）には副使の坂合部宿禰《さかいべのすくね》、屋形には録事の憶良、大通事、主神、数人の留学僧が入った。

憶良は大通事を捕まえては唐での発音の違いなどを尋ねていたが、昼過ぎから雨雲が広がりだした。風向きも変わり、強くなった。甲板の方ではざわざわ動きが始まった。

初めは上下に、だんだん前後にも揺れ始めたが、やがて船に当たる向かい風が強く、船は帆の向きを右に左に替え、舵を操り、水手《かこ》も出て来て櫂を操った。飛沫と風が強く当たって、屋形は上から波をかぶった。

その時大使たちの乗っている喬屋の屋上から大音声が響いた。

「北西風が強い。引き返せ」

同時に屋上で太鼓が「ドドン・ドンドン、ドドン・ドンドン」と打ち鳴らされた。梶取りが力いっぱい舵を左に支え続けた。前と後ろの帆柱の帆も、下ろしては上げ、上げては下ろしを繰り返しながら変わった風向きを利用していた。

船は右に寄ったり、左に寄ったりしながら少しずつ方向を変えた。船はやっと大きく円を描くようにして反対に向きを変え、五島列島の方へ引き返した。

全船無事に上五島の合蚕田の入り江に入ったのは夕方に近かった。点検を済ませた船は一日港内で風の様子を見ることにした。だが数日経っても一向に強い風向きが変わらず、嵐模様になったので、みはからって船は一旦筑紫に引き返すことになった。

筑紫に着いた遣唐使や随行者たちは皆、陸へ上がるとぐったりしていた。

北西からの風の強さはなかなか変化しそうになかった。海の荒れる日が長く続いた。何度か知乗船事の話し合いが持たれたが、すぐには収まるまいという結論になり、朝廷へも現状報告がされた。船の補強も必要だという意見が出て、その年の朝賀には間に合いそうもなく、一年間は筑紫に留まり、来年の六月再出発に変更された。

その間、遣唐使や随行員たちは筑紫館で暮らし、船の関係者や水手たちは船内の部屋に住まうことになった。しかし、遣唐使以外で所要のある者は許可を受ければ帰郷を許され、肥前、筑前、筑後近くで雇用された水手などは、知乗船事の許可を受けての一時帰郷が許された。

「遣唐使は筑紫での一年間を無駄にせず、唐で役立つ準備に当てるように。特に大宰府政庁には唐の資料も多いので利用することを勧める。ただし、これは許可を得て頂きたい」副使は付け加えた。

一年間筑紫にいるのだと思うと、憶良はミハルが恋しくてたまらなくなった。ひと月でもそっと近江の方へ行く方法は無いものかと思った。だが、執節使の許可なしには行動出来ず、天皇の代理の執刀は、規則を破った者の処罰のための刀だと聞かされては諦めるしかなかった。

大録も阿麻留ものんびりしていたが、憶良はその気になれず、午前中は机に向かった。

「なあに憶良の学習もひと月持つまい」

阿麻留は笑っていた。

憶良は黙って机上の冊子を開き、窓を開けた。もう館近くの松林でマツゼミが鳴き始めていた。

「そのうち三人で遠出をしよう。筑前図を見ながら、いくつか計画しておく」

大録は言ってくれた。

六　遣唐使

一年間を筑紫で過ごした遣唐使は、翌大宝二年六月二十九日に再度、那大津《なのおおつ》を出発した。出発に当たって、大使高橋朝臣笠間の転出が知らされた。理由の説明はなかった。執節使の権限により、大使には副使が、副使には大位が、大位には中位が、中位には小位が昇格、補充の小位には通事の伊吉連古麻呂《いきのむらじこまろ》が遣唐使に任命された。

二度目に那津を出航した遣唐使船も、途中で暴風雨にあい、船団がばらばらになって漂流したが、幸い全船が無事に八月初めには蘇州沿岸のあちこちにたどり着いた。

唐の記録には「八月、倭国の朝賀使真人広成、傔従五百九十と船行して、風漂に遇い蘇州に至る」と伝えている。

だが、その時、遣唐使たちは自分がどこの地に着いたのか分からなかった。

離れ離れに着いた船は岬や砂浜を走りながら連絡し合って、数日後、何とか一か所に集まることが出来た。

各船の遣唐使たちが兵士と共に、湾の形や山の連なりを調べている様子を日焼けした漁師や村人が珍しそうに遠くから眺めていた。

誰かが役所に知らせたのだろう。部下を従えた役人らしい帯剣の男が近寄ってきて「どこの国の者か」と誰何《すいか》した。

通事が代表して「我らは日本国の使者である」と答え、「この地は何州の管内か」と問うた。

「ここは大周国《だいしゅうこく》の楚州塩城県《そしゅうえんじょうけん》で、我々は当地の役人である。日本国とは初めて聞く名だが大海のいずれにある国か」

通事は答えた。

「これまでは倭国と称した東海の国である。現在は日本国と言う」

「倭国の使者なのか」

そこにいた役人たちは、すぐに納得した。執節使が前に出てその役人に尋ねた。

「汝の国は大唐国であったが、なぜ大周国というのだ。変わった理由は何か」

「永淳《えいじゅん》二年（六八三）に唐の高宗《こうそう》が崩御され、皇后だった則天武后《そくてんぶこう》が即位。尊号を則天大聖皇帝《そくてんたいせいこうてい》といい、国号を周と改められたのである」

役人は大使に答えた。

問いと答がほぼ終わって、役人が言った。

「しばしば聞いたことだが、海の東に倭国があり、君子国ともいい、人民は豊かで楽しんでおり、礼儀もよく行なわれているという。今、使者をみると、身じまいも大へん清らかで、聞いていた通りである」

言い終わると役人は大使一行を待たせて立ち去った。

通詞の近くにいた憶良は、一部始終を聞いていた。役人が褒めていた君子国の倭国という呼び名を長安では日本国に変更してもらうのである。執節使は皇帝にどう切り出すのだろうか。憶良は考えを推量した。

戻った役人の先導で、遣唐使と随行員は乗組員を船に残して、塩城県の宿舎に落ち着くことが出来た。

州の役人はすぐ大都督府《だいとくふ》に報告を出して認可を受け、数日後には揚州まで船で送ってくれた。揚州は大運河の起点であり貿易港として繁栄している都市だった。

大都督府からは直ちに入京人数などの打診のために使者が首都長安に派遣された。その間、遣唐使たちは客舎で歓待を受けながら長途の旅の疲れをいやした。時には水路の道筋を伝って歩いたり、大河や運河で働く人々の暮らしを眺めたりして入京の査定を待った。

やがて入京の審査によって、遣唐使、留学僧、留学生の他に随行員の内から三十人が朝貢使《ちょうこうし》として入京を許された。残った者は揚州で一年ほど、使節の帰りを待つことになった。

入京を許された憶良たち使節は、官船に分乗して大運河を航行し、黄河に近い汴州《べんしゅう》に着いた。ここからは陸路で洛陽を経て長安の都に入った。

遣唐使が長安に着いたのは七〇二年の初冬だった。一行は長安城へ入る七里前の長楽駅で皇帝の使いの迎えを受けた。遣唐使は勅使にともなわれて長安に入場し、鴻臚寺《こうろじ》（外交などをあつかう官司）横の鴻臚客館で、旅の荷を下した。

この年の十二月二十二日持統太上天皇崩御。遣唐使に伝わったのは翌年だったろう。

翌七〇三年（長安三）正月、大明宮含元殿《だいめいきゅうがんげんでん》での朝賀の儀に憶良たちは、諸国の官人と共に出席した。

群臣、皇族、客使、官人、諸国使の居並ぶ太極殿の前庭に儀仗兵が整列し、太楽令が楽人を率いて殿庭に入ると、進行担当が大きな声で「準備完了」と言った。

同時に太和の楽が演奏され、竜の模様の縫いとりの礼服を着た皇帝が輿《こし》に乗って太極殿に出御し玉座《ぎょくざ》に着いた。続いて皇帝の位の象徴である「玉璽《ぎょくじ》」を奉じて符宝郎が御座《ぎょざ》に着くと朝賀の儀式は始まった。

皇族、上位の従臣と次々に皇帝の玉座の前に出て賀を述べ平伏する。これが長々と繰り返された。含元殿の雄大な建物、陳列されている諸州・諸国の貢物。朝賀の人数の多さに圧倒されていた倭国の遣唐使も、やがてこれに従った。

朝賀の儀の後、遣唐使たちは別殿での饗宴に出席した。だが饗宴も儀式であり、こと細かな儀式の次第に従って典儀の言葉で酒杯をとり、立ち、座るという会食だった。見たこともない御馳走が盛られていて、係が横からゆっくり皿に取り分けてくれる。美女の見事な舞を眺めても、楽を聞いても、悠々とした時の流れに憶良たちは国の違いを感じた。

気詰まりな饗応から解放されて、客舎に戻った録事たちは、「驚きと苦難の一日」を語り合った。

その後は間をおいて、遣唐使は唐の官僚たちとの話し合いや気軽な宴がもたれた。その中で、唐の政治機構を知り、案内されて首都長安官衛《かんが》の仕組み、街の様子などを学んだ。録事が同行することもあった。

憶良たち録事だけで外出を申請して許可が出ると、三人は共に都大路のあちこちを行き来して珍しい物の前に立ち止まっては、用途、作り方などを勝手に想像し合って楽しんだ。いろんな風俗を日本と比較して論じたりもした。また、時には唐の好事家から大使たちと共にいろんな文人に紹介されて、詩を吟じ合い、酒宴を楽しんだ。

外出できたときは共通して、三人ともこれはと思った本を買うのには金銭を惜しまなかった。帰りが近くなったころ、憶良は唐から支給された滞在費が底をつきはじめ、自分で用意していた土産物用の銭も心細くなるほどだった。

録事仲間で洛陽見物から宿舎へ戻って、それぞれが包みを開くと、憶良が白猪史より、大録の錦部連より倍ほどの書籍を買い込んでいたので、二人は驚いた。すべて名のある冊子ばかりだった。

「この冊子は我も欲しかったのだ。よく探したな、いつのまに見つけたのだ」

何冊かを指差し、大録は悔しがった。

「二人の家には、親の持つ多くの冊子があるだろう。我が家は戦いに敗れて逃げ出して来たので、ほとんど書籍が無いのだ」

憶良は懸命に冊子を探したわけを話した。二人はうなずいた。

「しかし、その一番下にある本は男が慰みに読む有名な風俗本じゃないのか」

憶良の本の中に「遊仙窟《ゆうせんくつ》」という冊子が混じっているのを素早く阿麻留が見つけた。

「これが学問に役立つのか」

二人は言いながら、憶良の体をぼこぼこ叩いて憂さを晴らした。だが憶良は十歳以上も年下の若者が打つ拳を柔らかく感じた。

「いや、風俗本には違いないが、勅命で旅行中の男が、小舟で川をさかのぼるうちに、美女に会うという話だ。店頭でぱらぱら読んだだけだが、ほとんどが漢詩の問答での男女の掛け合いだ。男が女を褒め、女がすぐさま返答の詩を返す。男が詩で返す。また女が甘い詩を返すといった、まあ長い語りの歌垣のようなものだ。いろんな言語も混じっていて、漢文の学習にも役立つ」

憶良は額に汗を出しながら弁明した。

だが、その夜はすぐさま二人は「遊仙窟」を取りあげた。憶良は取り戻そうとしたが、結局三人は灯下のもとに頭をつけて、「遊仙窟」の頁をめくった。

「なるほど、詩のやり取りも艶があって面白いが、つまりは男が女の歓待を受けて、泊めてもらうという話じゃないか。おや、ここらでもう酒と山海の珍味が出ているな。この頁にはもう夜具の用意ができている」

と言いながら阿麻留は次々に頁をめくった。大録も、憶良も両脇から冊子を覗き込んだ。

「早く面白そうな場面を声に出して読んでみろ」

大録がじれったそうに声をかけた。

「ああ、ここらあたりだ。……二人の唇はたがいに迎え、一本の肘は頭を支えながら、乳のあたりを撫でつ押さえつ、股のほとりをさすりつ撫でつ、ひとたび嚙めばひとえに快く、ひとたび抱き締めれば、ひとえにせつない思いがして……」

阿麻留は情を入れて読んだ。

「なんと求めがいのある冊子じゃないか」

大録が言った。

「いやいや、これには別の考えもあるのだ。何冊かを写して売るのだ。帰国後にはどうしても銭の必要なことがあって」

憶良は照れながら弁解をくり返した。

「汝は見かけと違って隅に置けぬ男だな。しかしまあ、写経生だった少録だ。立派な写本ができるだろう。我が汝のために一冊買ってやろう」

大録は憮然とした顔付きで言い加えた。

「我も一冊買ってやる」阿麻留も追加した。

帰国の日が近くなった日、倭国の遣唐使たちは、大明宮の麟徳殿《りんとくでん》で則天武后からの招待の宴を受けた。大明宮は宮城の東北にある外宮で、麟徳殿は庭に有名な池を持つ壮麗な宴会場だった。

老齢だが、則天武后はきらびやかな衣装を身にまとい遣唐使一行の謁見を受けた。武后は使節をねぎらった後、執節使の粟田真人《あわたのまひと》には司膳卿同正《しぜんけいどうせい》、副使巨瀬祖父《こせのおおじ》には率更令同正《そっこうれいどうせい》、大使坂合部大分《さかいべのおおきだ》には衛尉寺少卿《えいいじしょうけい》という周の官職を与えた。大周国の任官に伴う辞令や官服も給与された。(だが、それらは唐王朝の臣下になった証拠になるということで、帰国後は朝廷に辞令も服も召し上げられた)

謁見の式が終わると、また盛大な賜宴が催された。大使や憶良たちの前には次から次へ見たこともない肉や魚や果物を使った色とりどりの饗宴の料理が並べられた。今度は儀式と違って、上座、中座、下座の三つの円卓が用意されたので、下座の録事たちは、身分の近い唐の官僚たちとかろうじて通じる言葉で話しながら、あれこれ自由に手をのばした。

三人は、大使たちの目を気にしながら「まるで竜宮での宴だ」「あれが旨い」「いや、これが旨い」と教え合って腹を膨らました。

則天武后に付き添って饗応に忙しい唐の官人たちも少しずつ酔いが回っていた。粟田真人はこのとき則天武后の近くまで伺候して、国書に記した日本の国号を説明し、国号変更の儀を願い出た。

「不可解だったが、まあ、認めましょう」武后は気軽にほほ笑んだ。

真人はほっとして、この女帝が唐では稀代の悪女との噂があるとは思えなかった。

粟田真人は則天武后にいい印象を持たれたようだった。

「長安三年その大臣朝臣真人《ちょうしんまひと》、来りて方物《ほうぶつ》を貢《こう》す。朝臣真人とは、なお中国の戸部尚書《とふしょうしょ》のごとし。進徳冠を冠り、その頂に花をつくり、分れて四散せしむ。身は紫袍《しほう》を服し、帛《はく》を以て腰帯となす。真人好んで経史を読み、文を属するを解し、容止温雅なり。則天これを麟徳殿に宴し、司膳卿《しぜんけい》を授け、放ちて本国に還らしむ」

「旧唐書倭国日本伝《くとうじょ》」には、このように記録されている。

だが、国号の変更については、唐の文書には「則天武后、倭国を日本と宣《のたま》はす」と記された。則天武后が改名したと言う意味である。とにかく公式に認められたのだった。

役目を終えた遣唐使一行は、七〇四年春、留学生、学問僧を残して帰途に就くことになり、海上の安全を願って出発前に内輪の宴をひらいた。執節使は機嫌よく全員をねぎらった。宴の最後に指名された憶良は宴の結びの歌を詠うことになった。

いざ子ども早く日本《にほん》へ大伴の御津《みつ》の浜松待ち恋ひぬらむ

(さあ、みんな早く日本へ帰ろう。大伴の御津の浜の松も待ちわびているだろう)

往時の遣唐使船は暴風雨にあっても何とか全船が唐に揃ったが、帰りは遭難したり、引き返して再度出発したりとばらばらで、長期に亘っての帰国になり、沈んだ船もあった。

慶雲元年（七〇四）七月に、まず執節使粟田真人の第一船だけが大宰府に帰着した。

大録の錦部連はこの船で帰国したらしい。

粟田真人は、十月に文武天皇に拝謁し、使いを果たした功として翌年八月従三位に叙せられた。

その三年後の慶雲四年（七〇七）三月に、副使巨勢朝臣祖父が乗った第三船が帰国した。この船は途中で遭難し、一度揚州へ引き返し改めて出発してきた。唐で拾った他の難船の遣唐使や、白村江の戦いで捕虜になっていた筑後、讃岐、陸奥出身の兵士三人も乗せていた。二十歳前後だった白村江の兵士は、もう六十五前後の老人になっていた。憶良はこの船で何とか無事に帰国できた。


憶良と大録は、帰国後の仕事をしながら、阿麻留の帰りを待った。

その十一年後の養老二年（七一八）、大使坂合部宿禰大分《さかいべすくねおおきだ》が、第八次の遣唐使船に便乗して大宰府にたどり着いた。

後の「続日本後記」承和三年（八三六）に中位掃守宿禰《かにもりすくね》を載せた残りの船が沈んだ記録が出て

らなかった。

いる。沈んだ船に乗っていたのか、唐を出発できなかったのか、少録白猪史阿麻留《しらいふひとあまる》はとうとう戻

帰国した遣唐使たちはそれぞれがしばらくは飛鳥の藤原宮に詰めきりだったが、報告書類などがまとまると休暇が出た。憶良も帰国の後始末をするとすぐに帰宅の許しを得て、ミハルの住む里へ急いだ。丘を越えて、畑を横切り、懐かしい森陰に回ると、ミハルたちの住む集落が見えた。

憶良はミハルの顔を思い浮かべながら走った。だが、小屋には人の住む気配がなく、入り口の戸は倒れてばらばらになっていた。外から土間に散らばっている甑《こしき》や木の碗などが見えた。小屋を支えている小さな丸太には、蜘蛛の巣が張り、たれ下がった蜘蛛の糸が風にゆれていた。

憶良は驚いて、同じような小屋の間を走り抜け、戸主《へぬし》の家へ駆けていった。開け放しの入り口から、戸主の谷古部《やこべ》と妻の羊女《ひつじめ》が、カマドの傍でゆっくり縄をなっているのが見えた。いつも小屋の中で騒いでいた妾の子供たちはいなかった。

二人は駆けこんできた憶良を見て、顔を上げた。

中が薄暗いので入り口を背にした憶良が分からぬらしかった。谷古部のじいさんは、しばらくぼんやり眺めたのちに「どなたかな」と言いながら、居住まいを直した。

「我です。我ですよ。数年前までミハルに通っていた」

だが、戸主のじいさんは、さて、誰かなといった表情で、膝の上の藁屑を払うと、ゆっくり立ち上がった。

憶良と戸主は小屋の外で顔を合わせた。

「ああ、昔、ミハルの……」

やっと気づいてくれたじいさんは、それでも見知らぬ男を眺めるような表情だった。

「あまり立派な姿になっているので気づかなんだ。藤原宮造営の疲れや、長い間の畑の不作で里の働き手の若者はほとんど逃げてしまった。租の免除はあったが、種籾を借りて返す利子ばかりが増えてな。貧しい上に出挙《すいこ》の利子だけは里長《さとおき》たちが総ざらいに持って行くので、このざまだ」

「ミハルたちはどうしました。どこにいるのです」

「それがな、多くは他の地に逃げたり、新京の道路整備などの雇役に進んで出たりして、残った者はほとんどおらぬ。何人かは、近くの山の中に潜んでいるらしい。新京は栄えておるというのにな」

「で、ミハルの小屋はどうなりました」

「雇役に出されていた弟は、田上山の木材を引き出している最中に事故で死んだ。わずかな畑を耕していた母親も病で亡くなったな」

「ミハルですよ。ミハルは、どうしたのですか」

憶良は、も一度念を押した。

「あれは」といいながら、じいさんは妻を振り返った。

憶良がミハルと一緒になりたいと頼みに行ったときは、あれほどしゃきしゃきしていて農民の辛さを説明し、結婚に反対していた母親は亡くなり、「娘欲しさに、男は己の身分も考えない」と叱った戸主の夫婦も、たったの五年ほどで今は何かに血を吸い取られたような人間になっていた。

「徭役《ようえき》（税としての労働）や種籾《たねもみ》の利子払いを恐れて、土地の者は、どこかで働いている。いつか戻ってくるだろう」

「ミハルですよ。肝心のミハルは、どうしたんです」

「多分、どこかで暮らしておると思うが」

じいさんが気の毒そうに言ったので、憶良はへたり込みそうになった。

「そうですか。やはり。そうでしょう」

「よそで元気に暮らしておるだろう」

「いつごろからです。我が居なくなってすぐですか」

「いつ頃だったかな」

じいさんは、困ったような顔をした。

「そんなに会いたいか」

谷古部の妻が憶良に尋ねた。

「いや、元気にさえしていれば」

憶良は我慢して言った。

「それがな」じいさんは言いかけて止めてしまった。

「正直に話してしまえ。後味が悪いで」

戸主の妻は、後ろから夫の背中を突くようにした。

「ミハルは、去年の正月、瀬田川に浮いていた」

谷古部じいさんが言った。

「えっ、死んだのですか」

妻がうなずいた。

憶良は先ほどからの夫婦のもやもやが、納得できた。

「何があったのです」

「それが、さっぱり分からぬ。まあ、食べ物はなくて苦しかったが。ミハルは我等と残っておった。こうして年寄りが生きているのだ。あの女なら、木の実や草を食べながらでも、生き延びたがねえ」

じいさんが言った。

「近くには、わしらもいたし、そんなことで挫けるミハルじゃなかった。小屋のまわりには、ときどき男の影も見たんで安心していたのだ。その気なら寂しくはなかったろうに」

谷古部の妻も言った。

「そうですか。半年前に死んだのですか。それで墓は」

「俺たちに、墓などはない」

「しかし、どこか埋めた場所が」

「集落の死人を埋める山は、ついその先だ。行ってみるか。ただ、母親の横に埋めたのだが、あれから何人も死んだ。ミハルの場所ははっきりしないぞ」

「はい、それでも」

憶良は妻女に礼をいって、杖をついた戸主と二人でミハルを埋めた場所に向かった。懐かしい森の周りを眺めながら古い樹に囲まれた山の麓に来た。埋葬場所は、思ったよりも広かった。石を置いたり木を立てたりした目印が、所々にある。若い木を差したのか芽を出しているのもあった。

「このあたりだったと思うがなあ」

　じいさんは杖の先で大きな丸を描いた。

「この土のしたにミハルがいるのですか」

「ああ、たぶん」

　憶良も、その横にしゃがんだ。

「誰が埋めてくれたのですか」

「そりゃあ、あちこち、近くの集落に残った者が、皆で川から運んできて埋めたんだ」

「では、とにかく、ミハルが死んでいた場所を教えてください」

「ここから遠いぞ。琵琶湖から流れ出した瀬田川が、大戸川と合流した辺りだ。深くなっている淀だ」

「川の側岸に大きな石がある淀みのところですか。あんな所まで」

「ああ、とにかく、わしも行こう」

　二人は田上の集落から大戸川に出て、川にそってとぼとぼと瀬田川の方に歩いた。

「川に浮いていると聞いた時、近くの大戸川に飛び込んだとか、脚を滑らせたのだろうとか言っていたが。長いこと雨が降っておらぬので、大戸川の水かさは膝ほどだったしな」

「そうでしたか。あの瀬田川に」

「ああ、あの淀みに俯いて浮かんでいた。ちょうど近江に使いに出た若者が、前から行き方知れずのミハルかも知れぬと、わしの家に来た。それで何人かが淀にでかけたのよ」

「浮いていたのですか」

「泳ぎの達者な者が飛び込んで、川岸に近い大きな石の所まで押してきたのだ」

「そこで、俯ぶせの体を表にした。ミハルだったよ。長い髪が色あせた黄色い衣の肩ぐらいまであったなあ。裳《したばかま》は膝下近くで両足としっかり紐で縛っていたから、覚悟の飛び込みだ」

幼いころからずっとミハルを可愛がっていたので、じいさんは両足を抱いておいおい泣いたそうだ。

二人は大戸川の合流する瀬田川に着くと、大きな石の上に立った。

「あの辺りだったたな、ミハルが浮いていたのは」

谷古部のじいさんは、瀬田川が大きく曲がり、水面に枯れ葉が浮いて回っている淀みを杖で指した。

憶良はぼんやり石の上に立ったまま、透き通った水の動きを眺めた。

「汝は、いつ唐から帰ってきたのだ」

「第一船より遅れて半年近く前です。藤原宮で後整理をして、やっと、ひと段落着いたので来ました」

「そうか、真実、あのミハルのことを忘れなかったのか。あれはきっと喜ぶだろう」

じいさんは言いながら空を眺めた。

憶良は石の上で布の包みを広げ、唐で買った箱から簪《かんざし》を一本取り出して淀みの真ん中に投げ込んだ。簪はスポリと力なく水に沈んでいった。

「おお、ほれ見てみろ。ミハルの魂が喜んでいる」

夕方の薄明るい空を見上げながら、じいさんが言った。

「あそこだ。淀みの真上を見ろ。空に浮いているじゃないか」

見上げたが、憶良には何も見えなかった。

「ほら、真上に来た。嬉しそうに右左に動いている」

じいさんは、憶良の手首を摑んで空に向けた。

憶良が眼をこらしても、薄い桜色に染まった雲の他は見えなかった。

「もっと左だ。あそこだよ」

「どこですか」

「こちらだ。ああ、とうとう墓地のある山のほうに戻っていく」

憶良は山の辺りを眺めたが、薄暗くなっていく空が、広がっているだけだった。

やがて憶良は空から川へ眼を移し、石の上にしゃがみ込んだまましばらく動かなかった。


山上憶良は遣唐使としての功績により従七位上になった後、史書で位階がはっきりわかるのは、元明天皇の和銅七年（七一四）正月の定例叙位で正六位上から従五位下になった記録からである。二年後の霊亀二年（七一六）四月に伯耆守に任命されている。

第二部　憶良と旅人

一　筑前守

神亀《じんき》三年（七二六）の初春、従五位下《じゅごいげ》の山上憶良《やまのうえのおくら》は、下級官人の長男とその子の母を平城京に残したまま、筑前国の国司として筑紫へ下った。やっと寒気も緩み、綿毛に覆われた蓬《よもぎ》が道端に芽を出したころだった。

筑前は上国なので役に不足はなかったが、憶良は数年前から病持ちだったし、もう六十七である。律令での正式退官は七十歳だった。念願の上級官僚五位へ手が届いていたので、できることなら筑紫のような遠い鄙《ひな》ではなく、京《みやこ》近くに留まって仕事をしたかった。

憶良は五位に与えられた資人《しじん》（使用人）らを供にして畿内《きない》山崎の駅家《うまや》から山陽道を馬に乗り継ぎ、十日目には本土で最も西にある臨門駅家《りんもんのうまや》（下関前田）に着いた。

憶良は駅家に着いて資人たちを休ませると、駅からそう遠くない長門国庁まで従者に馬を引かせて挨拶に行った。長門守《ながとのかみ》は知人というだけで深い付き合いはなかったが、素通りもなるまいと思ってのことだった。地方勤務では、思わぬ知人に会うのも嬉しいものである。

「筑前守にご栄転ですか」

長門守は珍しい再会を喜んだ。だが官人は普通の転任も「ご栄転」と言う。憶良はこれが嫌いだった。何と答えていいか分らぬ。

「どうぞお上がりください」

長門守はにこにこしながら言った。

「いや、こんな汚れた旅姿だ。ご健勝かどうか、挨拶だけで」

「だが、お疲れでしょう、長門には百済使、新羅使など賓客用の穴門館《あなとのやかた》があります。渡りを付けますので、今夜はその館でお休みを」

「有難いが、資人たちが待っている。立派な館は夢にでも見ながら眠ろう」

ぜひと繰り返す長門守に感謝しながら憶良は辞した。

駅家に戻ると、憶良は筑前国庁へ「明日夕刻に夷守駅家《ひなもりのうまや》に到着予定」の早馬を走らせた。

思えば憶良は、これまでこの海峡を三度通っている。最初は百済国が滅んだ数え年四歳の時。

父と倭国の傷ついた軍船に乗って。二度目と三度目は遣唐使船での往復だった。だが、両岸がこんなに近い海峡だったという記憶は無い。

潮の流れが思ったより早く、ねっとりした感じだったので、憶良は明日の渡船が心配になった。

「明日は潮の目の変わりを見計らいます。ご安心ください。船はもっと上流から出します」

憶良の問いに駅家の長《おさ》が答えた。

翌朝、無事に海峡を渡り、上陸した憶良たちは社埼駅家《もにさいのうまや》（門司）で新しい馬に乗ると、到津駅《いたむつ》、夜久《やく》駅などを経て、昼過ぎには目的の糟屋郡《かすやのこおり》にある夷守駅家《ひなもりのうまや》に着いた。

夷守駅家が大きいのは、大宰府路への別れ道が近いのと香椎宮《かしいぐう》のためで、官人の赴任、離任の歓送迎用にも使われていた。

筑前守一行は、駅家で国庁の介《すけ》（次官）、掾《じょう》（三等官）、目《さかん》（四等官）の出迎えを受け一休みすると、先導されて大宰府の国司舘《こくしのやかた》に落ち着いた。

北に見える大宰府政庁は平城宮を小ぶりにしたような造りで、鄙での朝廷の威力を示していた。水城《みずき》や山城《やまじろ》の工事に続いての百姓《たみ》の疲弊を思いながら、憶良は眺めていた。

「政庁とは比べものになりませんが、国司館は解体した筑紫大宰《つくしたいさい》の材の一部を使っているので、柱や床などはしっかりしております」

筑前介が声をかけた。

「なるほど材が太く、燻された黒光りで居心地がよさそうだ」

憶良は部屋の中に目を移し、境の戸を横に引きながら言った。

その日、憶良は大宰府政庁への着任挨拶から戻り、官人、資人たちが準備した国庁広間での酒宴の座に着いた。官人たちの型にはまった歓迎の言葉や無理じいの酒を受けながら、疲れた体を夜中まで付き合って、部屋の灯を消した。

暗い静かな部屋で一人横になっていると、やはり遠くの平城京が想われた。いまごろ妻や子はどうしているだろうか。憶良は晩婚で、遣唐使の録事に加えられて帰国後、正七位上になり、上官の薦めで、官人の娘と結婚した。だが子どもが出来ても妻は何かと我が里の風習を恋しがり、憶良にどこか馴染まぬところがあった。五十五で従五位下になって、平城京に住まいを移したころからは少し親しむようになったが、今ごろ平城京の家を資人にまかせ、親の家で暮らしているのかも知れぬ。

それに憶良は京の学問仲間のことを思うと、この歳になっても彼らに負けたくない、遅れたくないという気持ちが湧いていていた。

こんな筑紫に我一人いるのだと思いながら、いつの間にか眠ってしまった。何時《なんどき》たったのか、憶良は尿意を感じて目が覚めた。暗い部屋の中で上半身を起こし、辺りを見て「ここは」と思い、「そうだった」と気づいた。

頭の中で部屋の間取りを確認しながら立ちあがり、廊下の暗い灯を頼りに用を済まして、また横になった。いつもならあと二度ほど目覚めるのだが、その後は資人に呼ばれるまでぐっすり眠った。


着任して半年後の秋の晴れた日だった。憶良は筑前掾《ちくぜんのじょう》と資人二人を連れて、筑後との境近くにある嘉麻《かま》の郡役所まで出かけることになった。

憶良は従五位下になってすぐ伯耆《ほうき》（現在の鳥取）守《のかみ》を勤めており、巡視など乗馬には慣れていた。しかし、どうも馬という動物は苦手だった。優しい大きな目で人に寄り添っているように見えるが、何におののくのか、急に暴れ出したりすることがある。関節に痛みを感じるこの頃では、ふいに駆け出す馬をしっかと抑えることなど難儀だった。憶良の傍らでは尻をはしょった従者が綱をしっかり持って付き添っていた。その後を掾の馬が歩いている。

憶良は白髪交じりの伸びた顎《あご》ひげを風にそよがせ、垂れた瞼をときおり閉じたり開いたりしながら、辺りに気を配っていた。

巡視を兼ねた一行が、取り入れ前の稲の実り具合を見ながら、ちょうど国庁から一里半ほど離れた阿志岐《あしき》の里を通り抜けたところだった。

この地域はまずまずの収穫らしく、穂先の垂れた薄紫の稲穂が、山あいの平野に広がっている。雀でも追い払っているのか、田の畦に立って板切れをパンパンと叩いている農民の姿を見かけた。

一行が集落を過ぎ、米《よね》ノ山峠に向かう坂道に入ろうとしたときだった。

「おおい、おおい」後ろの方から男の子の叫ぶ声がした。

「待ってくれ。おおい」

先頭の憶良には聞こえなかったが、しんがりを歩いていた若い資人が最初に気付いた。

男の子が、しきりにこちらに向かって手を振りながら走っていた。「あいつだ」「スズメですよ」

資人が言った。

一行は馬を停めて、立ち止まった。

薄汚れた少年がはっはっと息を弾ませながら追いついてきた。

「なんだ。後をつけてきたのか」

馬屋係の若い資人が冷たく言った。

「だって約束じゃないか」

口を尖らしながら男の子は答えた。

国庁の干し草小屋に寝泊まりして、馬の世話を手伝っている少年である。手足が細く体も痩せていて、まだ幼く見えるが、もう十四、五歳にはなっているだろう。

憶良が着任してすぐの春、筑前目《ちくぜんのさかん》の案内で、二人の資人と奴《やっこ》数人をつれて最初の山林巡察をした折、偶然、山の中で拾ってきた少年である。

筑前と肥前の境にある基山《きやま》の烽火台《のろしだい》や背振山《せふり》の栗林などを巡視しての帰りに、先頭の奴が「峠から通じた間道に出ましょう」と言って下り始めたのだが、道を探せず、さまよううちに、洞穴にしゃがみ込んでいる猿のような男の子を見つけたのだった。

頭の髪は伸び放題で、腰に汚れた布切れを結んだだけの痩せた少年を、三人の奴たちが穴から引きずり出した。

洞穴の奥には寝床代わりなのか、落葉が盛り上がっている。目を凝らすと、落葉の山から白髪頭が一つ出ていた。

「あれは誰だ」資人が少年に尋ねた。

「おっかあ」男の子はぼそりと言った。

「母親か。お前の名は」

「カツ」

憶良には、そう聞こえた。

「いつから、ここに居る」

筑前目が尋問を始めた。

その時、穴の中の奴たちの叫びが聞こえた。

「もう死んどるぞ、この女は」

声を聞いた憶良は驚いて穴の中を覗いたが、男の子はただ外に突っ立っていた。目や資人《さかん》たちは、すぐ洞穴へ入った。

外に残った憶良は、少年をそばの倒木に腰掛けさせて、水を飲ませ、非常用の乾燥芋や干し栗を手渡しながら、ゆっくり、ここに居る訳を、も一度尋ねた。

最初は食べ物を噛むのに夢中だった少年が、間をおいて尋ねるうちに気持ちが落ち着いたのか、口を開いた。聞き取りにくい言葉を聞いていると、どうやら母と子は、もともと筑後の生葉《いくは》あたりに住んでいたという。父親は筑後川の船頭だったそうだ。

「父ちゃんは大宰府の命令で隼人《はやと》征伐の兵を乗せて行った。いつまで待っても戻らんで、死んだ」

少年は言った。

大隅国《おおすみこく》の反乱は長引いて、何度も兵の輸送に船頭が徴集され、隼人の矢で死んだ者もいたし、沈んだ船も少なくなかった。

川船頭や漁師の親方たちは結束が固く、それぞれ残った遺族をあちこちの親類縁者に引き取らせたり、漁民や農民の小屋で働かせたりしていた。

少年と母親は農民に預けられたが、食べる物もろくになく、馴れない田畑の仕事が辛いので逃げ出したらしい。山の中を隠れながらさまよううちに、この洞穴に来たと言った。

大隅国の隼人たちが朝廷の一方的な班田収授《はんでんしゅうじゅ》の田畑の取り上げに不満で、国司陽侯麻呂《やこまろ》を殺害して反乱を起こしたのは、ちょうど憶良が伯耆守在任中だった。

朝廷は直ちに征隼人《せいはやと》将軍に大伴旅人《おおとものたびと》を任命し、筑紫近隣の郡司たちは配下の百姓らを集め、一万以上の兵で征伐。二年後にやっと鎮圧したという記録が筑前国庁にも残っていた。

憶良は少年を穴の前まで連れて行った。

落葉はすっかり掻き分けてあり、湿気で腐った体のあちこちから骨がむき出しになっていた。

奴たちはくずれる死骸を掻き出し始めた。

少年は表に出された母親のばらばらな遺体を見ても、口を結んだまま表情を崩さなかった。憶良は強い少年だと思いながら、掻き出した死骸を、どこか近くの木を目印にして埋めるようにと資人に言った。

奴たちが枯れ木の枝を探してきて、小さな円い穴を掘り始めると、少年もしゃがみ込み、奴たちといっしょに両手で土を掻き出した。奴がばらばらな死骸をまとめて並べ、土を盛り固めた。資人が近くから小さな瓜ほどの石を持ってきて印に置いた。

憶良は少年の処置に困ったが、着る物、食べる物でも与えて、しばらくは休ませてやろうと、馬の後ろに乗せて館に戻った。

「今は耕す土地を離れた者の監視が厳しい。何か食べさせたら、目立たぬように干し草置き場にでも置くがいい」

憶良は係の資人に命じた。

だが次の日、係の若い資人が馬小屋へ行って見ると、少年は奴たちに混じって元気に馬の餌にする干し草を刻んでいた。気が利いていて、よく働くし、任された馬小屋係の資人も、数日そのままにしておいたが、筑前守の許しで、少年は干し草小屋で寝泊まりできるようになった。

髪を後ろで括ってもらい、朝早くから干し草や水を運び、時には馬糞や尿《しと》で汚れた馬小屋の掃除も手伝っていた。何を言いつけてもあちこち飛び回って、仕事をするので、奴婢《ぬひ》たちからも「スズメ」と呼ばれて、可愛がられた。

「明日は嘉麻《かま》の郡役所までの遠出だ。よく馬の手入れをしておけ」

昨日、馬屋係の若い資人が奴たちに命じているのを聞いて、少年が急に「わいも、連れていってておくれ」とせがんだ。

「ああ、二匹の馬を水で綺麗に洗い、たてがみの手入れもしてくれたらな」

資人が冗談のつもりで、笑いながら言った。

少年は真に受けて、馬の隅々までをよく洗い、毛並みを揃え、奴に教わりながら蹄の手入れもしておいたのだ。

「あれは我の戯言《ざれごと》だ。筑前守のお許しを得ずに、どうして行ける。役所までは峠を越えるし、ずいぶん遠いのだ。ここからすぐ戻れ」

係の資人は、馬上から見ている筑前掾《ちくぜんのじょう》を気にしながら言った。

「筑前守様は、今日は特別大事な御用で行かれるのだ」

掾も少年を叱った。

「でも、約束じゃないか」少年はまた資人に向かって口を尖らした。

「聞き分けの無い奴だ。国の決まりで、土地から逃げ出した者を見つけたら処罰することになっている。それでもいいのか」

頑固な少年を早く追い返そうと、掾は、自分の馬を故意に少年の方に後ずさりさせた。

聞いていた憶良は、やり取りを止めさせた。

「こんな場所だ。見知らぬ少年一人がついて来ても、何ともあるまい。毎日、馬小屋の柵の中で暮らしているのだ。歩けるなら、米の山峠まで付いてこい。峠からだったら筑後川の流れが見えるかも知れぬ。筑後の景色を眺めたら、すぐに一人で戻るがいい」

憶良は言うと、先頭に戻った。

少年は喜んで付いてきた。しんがりの若い資人から離れ、先頭の筑前守のそばで子犬みたいに馬の近くを早くなったり、遅くなったりしながら付いて歩いた。

道端の熟したイヌビワの実を食べたり、落ちた椋の実を拾ったりしては、山道が瓢箪形に大きく曲がっているのに気づくと、その間の草藪に入りこみ、近道をして草の実を付けた姿を憶良の前に現わした。

この少年をどうしたものかと思いながら、憶良は馬を進めていた。峠は、もう目の前だった。

二　大宰帥

憶良が着任した翌年の十二月末頃だった。外は冷たい風が吹いている昼過ぎ、市《いち》で求めた壺入りの酒を資人に担がせ、政庁の門をくぐった。二、三の報告と年末挨拶を兼ねてのことだった。資人の一人は着任最初の巡察の時、山中で見つけた少年である。馬屋の仕事を手伝わせているうちに、荷札の文字などに興味を持ち、木簡の漢字を覚え始めたので、道麻呂と名付けて私の資人として用いている。

「我は遅くなる。厨《くりや》で壺を渡したら、挨拶をして戻りなさい」

憶良は二人に命じて脇殿へ入った。

折よく旧知の少監《しょうげん》に出会い、大弐《だいに》への取り次ぎを頼んだ。少監は事務の主査だが、大弐は大宰府の次官である。現在、大宰帥《だざいのそち》が欠員なので、大弐が師の役目をしていた。

少監の土師宿禰百村《はじのすくねももむら》は、六年前に憶良と共に平城宮で首《おびと》皇太子（現聖武天皇）の侍講を仰せつかった同僚だった。

宮中で学者、文人など十六名が選ばれ、定められた日の退朝後、三年近くを東宮の教育にあたっていた。当時、土師宿禰《はじのすくね》は正七位上だったが、現在、従六位上に昇格をしている。憶良はあの時のままの従五位下だった。

少監は憶良を近くの部屋に待たせて「来訪を伝えて参ります」と言って正殿へ向かった。

正午までの勤務が終わり、辺りが静かなので、残業でもしているらしい官人たちの声が憶良のいる部屋まで聞こえていた。

「中納言の大伴卿が、大宰帥になる噂は本当だろうか」

「さあ、議政官（閣僚）の筑紫下向なら左遷だからな」

「とも言えまい。もっと偉い人も下っている」

「それが左遷だ」

「ともかく、朝廷は左大臣長屋王と元将軍の大伴卿を引き離したいのだろう」

「なぜだ」

「おい、そんな話は我等のする事ではない」

誰かが強く叱ったあと、部屋は静かになった。

大伴卿の筑紫赴任など、憶良は初めて聞く話だった。

「さすが政庁だ。人事の噂は早い」

憶良は思った。

「面会は駄目だった。大弐はめっぽう忙しいらしい。筑前守ですと念を押しても、後にしてくれと言われた」

戻って来た少監がぼやいた。

「まあ年末の挨拶だ。報告は明日、誰かにやらせよう」

少監が門の外まで送ってきたので、大伴卿の下向は本当なのかと尋ねてみた。

「御存知のように、この九月、聖武天皇と藤原光明子《こうみょうし》の間に皇子がお生まれになり、十月に参議の阿部広庭が中納言に任命されたので、その方向に行くでしょう。分かったらお知らせします」

と言って「あの酒壺は大弐へですか」と付け加えた。

「いや、仕事納めの時にでもと思ってな」

「今の大弐へなら、あのような品では駄目です」

「それはこちらから願い下げだ」

憶良は少監を軽く睨んだ。

神亀五年（七二八）の春になって、大伴卿着任は四月初めだという連絡が筑前国庁にも入った。

だが、当日の朝「大伴卿は正午に鄙守駅家《ひなもりのうまや》にお着きなる予定だが、刀自《とじ》（夫人）の体調が思わしくないので、寸時休憩されたのち出発なさる。出迎えは政庁前でよい」という知らせがきた。

時刻ごろになって憶良は朱雀大路に出てみた。大路は官人などでいっぱいだった。

「本日、大伴卿は水城西門からお入りになり、横大路を通ってそのまま帥邸《そちてい》へ向かわれるそうです。出迎えの人は横大路に沿ってお並びください。対面の儀は明日正殿で行われます」

馬に乗った防人司佑《さきもりつかさのすけ》が政庁正門の前で、何度も大声で指図をしていた。

政庁官人は朱雀大路からぞろぞろと横大路に移動して、水城西門入り口で大弐を先頭に位階順に並んだ。

「政庁官人の後くらいに並ぶといい」

憶良は介たちに言うと、自身は最後の方に立ってお迎えするつもりで、東門近くに移動した。ちょうど東門から観世音寺の沙弥満誓《さみのまんせい》が入ってきたところだった。

憶良は挨拶をした。

「大宰府路からそのままお入りだそうだな。我もここらでよかろう」

満誓は言いながら憶良と並んだ。

「もっと道の両端に寄ってください」

馬上で声をかけながら東の方にやってきた防人司佑が二人を見て「どうぞ先頭の方に」と呼び掛けた。

「どこでも同じだ」満誓が答えると、司佑は頷きながら東門の外へ出た。

同時に西門から武官を先頭に大伴卿の列が入ってきた。大弐がお迎えの言葉を述べているのか、列はしばらくの間止まって、また動き出した。

大伴卿は武人らしく、背筋を伸ばし正面を向いたまま馬を進めていた。その後ろに郎女刀自《いらつめとじ》の御車が続いている。

卿は沙弥を見つけると笑みを浮かべ、鞭を持った手を上げながら進んだ。憶良は馬上の大伴卿と目が合ったので深く頭を下げた。

刀自の御車は政庁内の大路では左右の垂れ幕を上げてあり、御簾をすかして刀自のお姿が目の前に見えた。薄紅色の旅装束のままだった。旅の疲れか顔は青白くみえたが、品のいいお方だと憶良は思った。ときおり軽く会釈しながらお進みになっていた。

若い家持《やかもち》公と二十数人の馬が、御車のあとに続いた。

「家刀自はほど良い美人だったなあ」

行列が通り過ぎると、満誓がいたく感心したように言った。

憶良もそう思っていたが、黙っていた。

「おい、良い女性を拝んだら素直に喜びを出したがいい。いやに堅い表情で見とれていたじゃないか」

憶良は郎女刀自を眺めながら、戦いに敗れて百済から逃げる途中で亡くなった母の事を思い浮べていた。まだ四歳だったので、母の顔立ちはよく覚えていないが、疲れた旅姿のせいか、あのような顔の感じの人だったような気がした。

大宰府に着いた旅人は、翌日から帥《そち》としての忙しい生活が始まった。正殿での最初の挨拶と訓辞を終え、大弐から順に主な官人の紹介と挨拶を受けたのちに、席を改めて歓迎の宴に移った。

次の日から大弐が提出した政庁の書類を二人の大監、少監、などが確認し合い、旅人が目を通し、次々に署名をした。郎女の病を気にしながら、筑紫各国別の納税帳、戸籍簿などの引き継ぎにも関わり、落ち着くまで数日費やした。

郎女の病は最初それほど悪くも思えなかったが、なかなか良い方に向かわなかった。筑紫に着いてから、そのまま寝床を離れることが出来なかった。

「せっかく家刀自として、筑紫に参りましたのに」

「いいのだ。いてくれるだけで、まわりの者たちは安心なのだ」旅人は答えた。

政庁の医師は、最初、旅のお疲れでしょうと言っていたが、長引くにつれて心《しん》の臓が弱くなっておいでのようですと、いろいろ薬をつけ加えた。

刀自は少しずつ回復なさっているように見えた。

四月末になって、憶良は見舞いのために、近くの山の麓から摘んできた木苺を政庁の大伴卿に届けた。

「黄色いきれいな実だな。これが木に生っておるのか」

「はあ、草のように垂れた背丈ぐらいの小枝に付いております」

「うん、ちょっと酸っぱくて甘くて旨い」

旅人は椀から苺を摘まむと、何度か口に放り込んで言った。

「すぐに持っていってやろう。郎女は喜ぶぞ。帥邸までついて来てくれ」

「しかし、病の郎女様は人に会うのはお嫌でしょう」

「良くはなってはいるが、そうかも知れぬ。では有り難く頂戴する」

そう言うと旅人は足早に正殿を出た。

次ぎの日、大伴卿はわざわざ筑前国庁に立ち寄って、憶良に礼を言った。

「郎女が久しぶりに旨そうに物を食したな。あれは誰が採ってきたのだ」

「我です」

「筑前守自身が摘んだのか。そうか。郎女は心の臓が悪いらしい。今から少し二人で摘みに行こう」

「いや、我はまだ仕事が残っています。午後から出かけて摘んでお宅へ届けましょう」

「今でもよかろう」

「仕事は昼までに終わらせますので。それに慣れない大伴卿がいっしょでは、藪を分け入って熟した苺の粒が落ちたりします」

憶良は嬉しかった。大伴卿も、若い家刀自も喜んでくれたのだ。憶良は午後から道麻呂に小さな竹籠を持たせて苺摘みに出かけた。すぐ済むつもりが、なるべく大きな粒を、美しい苺をと探しながら摘んでいるうちに未《み》の刻の二時過ぎになった。憶良は椀の中に良さそうな粒を選んで移すと、政庁裏の帥邸に立った。

門番に案内を乞うと、一度、資人の余明軍《よのみょうぐん》が顔を出し、すぐ大伴卿が出てきて叫んだ。

「ずいぶん遅かったな」

「はあ、夢中になっていましたので」

「お加減はよろしいのですか」

「うむ、特に昨日辺りからとても気分がいいらしい」

憶良は旅人の後について行き、部屋近くの廊下に畏《かしこ》まった。

「も少しこちらへ」

郎女刀自に言われて憶良は顔の見える部屋の入り口で頭を下げた。

「筑前守山上憶良です」と申し上げた。

打掛けを羽織った郎女刀自は折った夜具を壁に立てかけてもらい、体を起こしてお座りになっていた。髪は伸ばしたまま、飾りのついた紫陽花《あじさい》色の紐で結び、右の肩から前に垂らしてある。

「お名前はかねてから存じております。長屋王邸の七夕の宴でお詠みになった歌は、たしか……『ひさかたの天の川瀬に船浮《う》けて今宵か君が我許《わがり》来まさむ』という歌でしたね」郎女刀自が言った。

「恐れ多いことです。宴での平凡な歌です」

憶良は老いた顔を少し赤らめながら頭を下げた。

「おお、この木苺は一段と立派だな」

椀を受け取って郎女のそばに胡坐をかいた旅人が言った。

郎女は差し出された椀から苺を一つ摘まむと、じっと見つめた。

「きょうの苺は前より随分大きく、それに黄色い粒の一つ一つが輝いています。飾り玉のようです」

「筑前守が懸命に選んで摘んで来たそうだ。好きなだけ食べなさい」

大伴卿は郎女の手に椀を渡しながら言った。

北庭に面した板戸が開けっ放しになっていて、広い築山が見えていた。

「屋敷はしばらく空き家だったので、庭園は荒れたままだ。これでも政庁の資人や奴婢たちが、邸内を修理したり、庭の草を抜いたりしたらしい。郎女が充分回復したら、庭に好きな草花を植えよう」

大伴卿が言った。

郎女刀自は一粒ずつ木苺を眺めては、小さな口に入れていた。

「政庁の後ろに広がっているあの美しい山は、何という山ですか」

郎女刀自が尋ねた。

「大野山です。あの山の頂きには百済人技術者が指導して築かせた朝鮮式山城があります」

憶良が説明した。

「百済人技術者が指導してというところに、一段と力が入っていたな」

「事実でございますから」

「お話の間に苺は半分ほど頂いてしまいましたよ」

郎女刀自はにっこりしながら言った。

「それは食べ過ぎだろう。お腹が痛くなるぞ」

旅人が軽く注意した。


一進一退だった郎女刀自の病は四月の末頃から急に悪くなり、亡くなられた。

次の日、政庁の大弐多治比真人県守《たじひのまひとあがたもり》・観世音寺別当沙弥満誓・筑前守山上憶良が改めて呼び出された。

「死は誰にでも訪れるが、これほど急だとは思わなかった。我よりずっと若いのだ。三人に集まってもらったのは、郎女葬送のことだが、宜しく頼む」

旅人は前置きして考えを述べた。

「古くから死者が出た場合、その死者を喪屋《もや》に安置し、一定期間、供膳、歌舞などをして、体から離れる魂を呼び戻す再生儀礼のモガリの慣習があるが、孝徳大王の大化二年に『およそ王より以下の庶民に至るまで喪屋を作ること得ざれ』という喪葬令《そうそうりょう》の詔が出たのは諸氏も御存じの通りだ。しかし、弔いの慣習や考えは身分、土地、家々で異なるものだ。いろいろな形で行われているに違いない。そこで我が家は次のようにやりたいのでご協力をお願いする」

三人は「承知いたしました」と答えた。

「葬送の手順としては、

一、喪《もがり》の通夜については今夜から三日三晩、郎女の部屋で我一人が行う。陪従の侍女二人以外は出入りを禁止する。

一、三日目の午後に火葬をおこないたいので、火葬用の土地を探し、仮小屋を造って頂きたいが、場所、小屋の材、茶毘《だび》用の薪等の指示を筑前守から明軍にお願いする。

一、余明軍は奴婢たちに命じ、火葬の事一切を取り仕切る」

旅人は部屋の入口に畏まっている明軍にも言った。

「帥邸は神を祀って、仏の像が無いので、葬儀はできれば観世音寺の仏前で行いたい。これは沙弥の管轄だが、寺の僧侶と相談してみてくれ」

「はあ、斉明女帝の寺とはいえ葬儀は出来ましょう。しかし、大伴家が神式ではなくてよろしいのですか」

「大君が国家仏教の布教に熱心で、各国にも国分寺を造ろうというご時世だ。ここは我が祖先の本貫《ほんかん》（出身）の地ではない。仏式でいいだろう。葬儀の件についてはすべて沙弥にお願いする。葬儀は五日目の正午、簡素にと考えている。最後になったが、大弐は我に代わって全体の総括を頼む。郎女の死は筑紫各国へ通知することでもないが、知らせないわけにもいくまい。葬儀は内輪で行うので弔問の儀については、大帳使が課税徴収台帳を政庁に提出に来る八月でよいと書き添えてくれ。使いの馬の配分などがあるので伝達は防人司佑に命じるが良い」

帥邸からの帰りに沙弥が憶良を呼びとめた。

「大伴卿は三日三晩、喪の通夜を一人でなさるらしいが、二日目の夜、読経に行ってみないか」

「しかし部屋には誰も入れたくないようでしたが」

「ああ、そのようだったが三日三晩は長いし、郎女刀自への読経ならお許しが出そうな気がする。明日の夜中、門番に頼んで明軍を呼びだしてもらおう。断られたら夜の散歩だ。門前で読経をやろう」

沙弥が提案した。

二日目の夜、憶良は観世音寺別当の屋敷に立ち寄り、経典数冊を持った沙弥と二人で政庁東側の塀から帥邸に回った。

十三夜の月が伸びた薄雲に見え隠れしていたが、周りは明るかった。

「政庁警固の者に見つかれば怪しまれそうです」

憶良が低い声で言った。

「いや、政庁で、この坊主を知らぬ者は居らぬ。怪しむ奴が怪しい」

沙弥は悠々としていた。

憶良が門番に頼んで、そっと明軍に来てもらった。読経の件を伝えると、即座に「駄目でしょう」と言った。

「あれから一度も食事を召しあがらず、亡き郎女様のそばで酒を飲んでは、そのまま寝て、起きては飲み、寝ては飲みなさっているらしいです。長くお眠りの時は、侍女が薄物を体にお掛けしているそうですが」

「とにかく何とか読経のことを伝えてくれまいか」

「では、侍女に話だけはしてみましょう。幸い夕方柩が届いて納棺を済ませたところです。少しは落ち着いておいででしょうから」

と言って、明軍は邸内に戻った。

「で、読経が許されると何にする。解脱を唱える維摩経《ゆいまきょう》の一部にするか」

「それは藤原氏の氏寺、興福寺で盛んに唱えていますから」

「光明子の維摩会のことか。筑前守は藤原嫌いなのか」

「いや、頭脳明晰とはいえ、ああいった権力者は苦手です」

「では一切衆生成仏の法華経にするか」

「やはりここは大伴卿の御心にも少しは沿うでしょうから、とらわれない心を述べた般若経が一番だと思いますが」

「そうだ、それがいいな。大般若経の一部でなく、空の思想の精髄をまとめた般若心経がいい。あれなら大伴卿のお考えにも通じるだろう」

「般若心経なら、我の頭にも入っています」

「さすが写経生として過ごした筑前守だ。金光明経だけを写していたのではないな。それにしても、明軍は遅い」

「侍女を通しての酔った大伴卿との交渉ですから。駄目かもしれません」

憶良が諦めの言葉を出した時、「どうぞお入り下さい」という明軍の声がした。沙弥と憶良は明軍の手引きで邸内に入り、侍女に引き継がれて付いて行った。

「お連れしました」と侍女が閉じた部屋の前で言った。

「そこを開けてくれ」

大伴卿の寝起きのような声がした。侍女が部屋の戸を開けると、大伴卿は郎女刀自の柩に腕を置いたまま酔った目で二人を見た。

沙弥と憶良は外に座ったまま頭を下げた。

柩の奥には、水甕が据えてあり、明軍が手折ってきたらしい朴《ほお》の木、栃《とち》の木、樗《おうち》の木など、白い花の木の枝を生けてある。

壁には満誓が明軍に持たせた釈迦像の軸が掛けてあった。

「勝手を言って済まぬ」力の抜けた声で大伴卿が言った。

すっかり変わり果てた姿で「よろしく頼む」と声を出しながら姿勢を正そうとするが、ぐにゃりと体がまた棺に寄り掛かった。

「入ってくれ」体を起こした卿が言った。

「いや、我らは禊をしていませんので、ここで読経を始めます。卿はそのままで」

沙弥は述べると、釈迦像に向かって伏し拝み、棺に手を合わせ、般若心経を唱え始めた。憶良も沙弥と同じような動作を繰り返し、横で心経を唱えた。沙弥のゆっくりした大きな声の読経に合わせて、憶良も三回読経を繰り返すと、釈迦像を礼拝して終わった。大伴卿は棺の端に寄り掛かったまま眠っていた。二人は起こさぬようにそっと立ち上がった。侍女が静かに部屋の戸を閉めた。

国の「喪葬令」には、三位以上の高官で、祖父母・父母・妻の喪に遭った際は奏上し勅使が遣わされるという規定があった。当時、大伴旅人は正三位中納言だったので、勅使として式部大輔石上堅魚朝臣《しきぶのだいふいそのかみのかつおのあそん》が喪を弔うために大宰府に遣わされた。

勅使が喪を弔い、香典を下賜し、一通り儀式が終わると、旅人は式部大輔《しきぶのだいふ》や随行員、大宰府の官人たちと共に、大宰府背後の山大野城に対する南の基夷城《きいじょう》に馬で登って望遊した。頂きの森蔭に立ち耳を澄ますと式部大輔が詠った。

ほととぎす来なき鳴きとよもす
卯の花の共にや来しと問はましものを
(ほととぎすがやって来ては、鳴き声を響かせています。卯の花が咲くと共に来たのかと尋ねたいところですが)

それに対して旅人が答えた。

橘の花散る里のほととぎす
片恋しつつ鳴く日しそ多き

（橘の花が散ってしまった里で鳴くほととぎすは、花を偲んで片恋しながら鳴く日が多いのです）

数日後に旅人のもとに京の留守を任せていた弟稲公《いなぎみ》と甥の古麻呂《こまろ》からも悔みの言葉が届いた。その書簡から、妹坂上郎女《さかうえのいらつめ》の夫である大伴宿奈麻呂《すくなまろ》の他界が知らされた。

旅人は驚いて折り返し、悔みへの礼状と挽歌を送った。

ちょうど翌日が郎女刀自の供養の日に当たっていたので、旅人は参加した人々にも京の大伴宿奈麻呂の死をしらせた。

「不幸は重なるものだ」

と言って、旅人は書いた書簡の文《ふみ》と挽歌を披露した。

「不幸が重なり、悪い知らせが集まってくる。ずっと崩心の悲しみに沈み、独り断腸の涙を流している。ただただ両君のこの上ない力添えによって、いくばくもない余命をようやく繋ぎ留めているばかりだ。――筆では言いたいことも充分言い尽くせないのは、昔も今も一様に嘆くところ」

凶問《きょうもん》に答ふる挽歌《ばんか》

世の中は空《むな》しきものと知る時し　いよよますます悲しかりけり
（世の中とは空しいものだと思い知った今、ますます悲しみがこみあげてくる）

大伴卿が妻の供養の霊前で身内の者に送った書簡と挽歌を披露されたことは意外だった。「世の中を空しきものと知る時し」という言葉に、憶良は大伴卿の気持ちを想った。家柄や身分の差を意識して、官吏としては距離を置いているが、この率直な表現から卿の寂しさを思った。憶良も郎女刀自への挽歌を作って大伴卿に捧げ、刀自への供養をしたいと思った。

大伴卿からは、次回七月末ごろ郎女刀自の百日追善供養をすると知らされていた。しかし八月に朝廷へ出す筑前国の会計帳作成の都合で、憶良は介、掾、書生《しょしょう》と共に嘉麻《かま》の郡家に滞在しなければならぬので百日目の追善供養には出席出来なかった。憶良は刀自追悼の挽歌を嘉麻の郡役所から大伴卿に届けることにした。

我が気持ちをそのまま詠うのは恐れ多く、憶良は大伴卿の身に成り代わって、長歌と反歌五首を「日本挽歌」と名付けて詠んだ。

日本挽歌《にほんばんか》一首

大君《おほきみ》の遠《とほ》の朝廷《みかど》と
大君の遠い政庁だからと
しらぬひ筑紫《つくし》の国に
しらぬひ筑紫の国に
泣く子なす慕《した》ひ来まして
泣く子のように慕って来られて
息だにもいまだ休めず
息も休めるひまもなく
年月《としつき》もいまだあらねば
年月も経《た》っていないのに
心ゆも思はぬ間
思いがけずすぐに
うち靡《なび》き臥《こ》やしぬれ
ぐったりと臥《ふ》してしまわれたので
言わぬすべせむすべ知らに

どう言っていいかどうしていいかも分からず
石木《いはき》をも問《と》ひ放《さ》け知らず
岩や木に問いかけることもできない
家ならば形はあらむを
奈良の家だったらご無事だったろうに
恨めしき妹《いも》の命《みこと》の
恨めしい妹は
我をばも如何《いか》にせよとか
私にどうせよというのか
にほ鳥の二人並び居
にお鳥のように二人並んで
語らひし心背《こころそ》むきて家離《いへざか》りいます
語らいをした心に背いて家を離れて行ってしまわれた

反歌五首

家に行きていかにか我《あ》がせむ　枕づく妻屋《つまや》さぶしく思ほゆべしも

（家に帰って私はどうしたらよいのか、二人寝た妻屋が寂しく思われるだろうな）

はしきよしかくのみからに　慕ひ来《こ》し妹《いも》が心のすべもすべなさ

（ああ、この地で死ぬ定めだったのに、慕って付いてきた妻の心が哀しくてならない）

悔しかもかく知らませば　青によし国内《くぬち》ことごと見せましものを

（残念だなあ、こうと知っていたら、国内のことごとくを見せておくのだったのに）

妹が見し樗《あふち》の花は散りぬべし　我が泣く涙いまだ干なくに

（妻が好きだった樗の花は散ってしまっただろう。私の涙はまだ乾かないのに）

大野山《おほのやま》霧立ちわたる　我が嘆く息嘯《おきそ》の風に霧立ちわたる

（大野山に霧が立ち込めている。私が嘆く息吹きの風で霧が立ち込めている）

神亀五年七月二十一日筑前国守山上憶良上

憶良はしたためると、筑前掾に託した。

筑前守が奉った郎女への挽歌は、旅人には、さながら我自身が詠った挽歌のように思えた。憶良は一人の男が妻の死を悲しむ歌として思いのたけの挽歌を詠んでいる。心憎い歌だった。旅人が郎女への挽歌を詠もうとしても、憶良の歌が邪魔をした。旅人がやっと郎女への自身の挽歌を詠むことができたのは、のちに京へ戻る道すがらからだった。下る道中に二人で見た風景を眺めながらぽつぽつと、歌を詠んだ。京に着いてからの歌と合わせて十一首の郎女への挽歌を旅人は後にまとめた。

三　嘉麻の三部作

「大伴卿は御在宅か」

沙弥満誓《さみのまんせい》が門番に声をかけて帥邸《そちてい》の門を入ると、前庭では資人の明軍《みょうぐん》が奴婢たちに指図しながら木の植え込みをしていた。並べて掘った穴の傍には、蔦で土ごと根を巻いた細い木が転がっている。

「何の木だ」満誓が尋ねた。

「山萩です。小粒の花が開きかけていたので、藪のあちこちから掘ってきました。平城京の佐保邸にもございましたから」

「根付くといいな」

「ええ。卿はお部屋です。侍女に伺わせます」

鍬の柄を握ったまま、明軍が言った。


沙弥満誓は俗名を笠朝臣麻呂《かさのあそんまろ》と言って、無位の憶良が遣唐使少録に抜擢されて帰国したころ、すでに従五位下美濃守になっていた。

養老元年（七一七）には従四位上に昇格。

養老四年右大臣藤原不比等卿薨去《こうきょ》のために京へ戻され、十月には太政官の右代弁になった。

翌年五月に「元明《げんめい》太上天皇（草壁の妃）の病を仏教に帰依して平癒を祈りたい」という元正《げんしょう》天皇（草壁と元明の皇女）の詔が出たのを幸いに、官人に嫌気がさしていた笠麻呂は願って許され、出家して沙弥満誓と名のった。

しかし、十二月には元明太上天皇が崩御。

元正天皇は、祖父天智大王が発願された筑紫観世音寺造営が進まぬので、養老七年（七二三）

二月に満誓を造観世音寺別当（長官）として筑紫へ向かわせた。観世音寺は百済遠征の途中、朝倉宮で崩御された天智大王の母、斉明《さいめい》女王を弔う寺である。

憶良が筑前守として下る三年前だった。

「ご機嫌伺いかたがた参上いたしました」

侍女に案内された満誓が部屋の前で述べると、机の横に巻紙を広げたまま頬杖をついていた旅人が振り返った。

「お仕事中でしたか」

「いや、筑前守が郎女《いらつめ》へ例の挽歌を献上してくれた数日後に、新たに届けた長歌を今ごろになって広げていたのだ。『父母《ちちはは》を見れば貴《たふと》し、妻子《めこ》みればめぐし愛《うつく》し、世の中はかくぞことわり……』などという歌い方がどうも肌に合わなくてね。初めの数行で読み止めたところだった」

旅人はほっとした顔で満誓に言った。

「筑前守が献上した『挽歌』は非常に褒めておいでだったでしょう」

「確かにあの挽歌は宮廷歌人の人麻呂、赤人に劣らぬものだった」

「はい、刀自への思いがこもっておりました」

「同じ筑前の歌がこれだ」

「それは挽歌と違って、筑前守の日頃の思いを率直に述べているからでしょう。人を諭しているような内容がお気に召さぬのです。最初の題からして『惑《まど》へる情《こころ》を返さしむる歌』ですから」

満誓は手渡された巻紙を見ながら言った。

「興ざめだった」

「巻末に『神亀五年七月二十一日　嘉麻の郡にて選定す　筑前国守山上憶良』とありますから、きっとあの挽歌を書いた後、これまで書きためていた日頃の思いを三部にまとめて書き直したのでしょう。悪くはないと思いますが」

「うむ。では沙弥が読んでくれ」

「我が、ですか」と言いながらも満誓は巻紙を持ち直した。

「三首とも、漢文の序が付いていて、序にこそ筑前守の志が述べられているのでしょうが、省きます」

満誓は改まった調子で歌だけを読み始めた。

惑《まど》へる情《こころ》を返さしむる歌

煩悩にまみれた心を直させる歌

長歌

父母《ちちはは》を見れば 貴《たふと》し

父や母を見ると尊くおもわれる

妻子《めこ》見ればめぐし愛《うつく》し

妻や子を見ると可愛く、いとおしい

世間《よのなか》はかくぞことわり

世の中はこれが当然で

もち鳥のかからはしもよ

絆はモチにかかった鳥のように断ちがたいものだ

行くへ知らねば

行く末どうなるかわからぬのだから

穿沓《うけぐつ》を脱《ぬ》き棄《つ》るごとく

破れた靴を脱ぎ捨てるように

踏《ふ》み脱《ぬ》きて行くちふ人は

抜け出して行くという人は

石木《いはき》よりなり出し人か

岩や木から生れ出た人なのか

汝《な》が名告《なの》らさね

あなたの名を名のりなさい

天《あめ》へ行かば汝《な》がまにまに

天に行ったらあなたの思いどおりでいいだろうが

地ならば大君《おほきみ》います

地上にいるのなら大君がおいでになる

この照らす日月《ひつき》の下《した》は

この輝く日月の下は

天雲《あまくも》の向伏《むかぶ》す極《きわ》み

天雲の遠くたなびく果てまで

たにぐくのさ渡る極み

蟇蛙がはい渡る果てまで

きこしをす国のまほらぞ
　治めておいでの優れた国なのだ
かにかくに欲しきまにまに
　あれこれ考えのままにするのもいいが
しかにはあらじか
　私の言う通りではあるまいか

　反歌
ひさかたの天道《あまぢ》は遠し　なほなほに家に帰りて業《なり》を為《し》まさに
（天への道のりは遠いのだ。すなおに家に帰って家業に励みなさい）

「歌としてはどうかな。国司として民を指導している感じだ」

　旅人が言った。

「確か養老元年五月の元正天皇の詔には『国中の人民は四方に浮浪し課役（調や労役）を巧みにのがれ、最後には王臣に仕え、資人になるのを望んだり、僧侶になることを求めたりしている。

王臣の方でも、本籍地の役所を通さず彼らを密かに使い、人民はこのため天下をさすらい郷里に帰らなくなっている。もしそのような状態があれば、律令の掟の通り罪を課せ』とあります。そういった国の現状を大伴卿にもっと知ってもらいたかったのでしょう」

旅人はしばらく黙っていたが、うなずいた。

「次を読んでくれ」

「お聞きになりますか」

「ああ」

「次は『子らを思ふ歌』です」

長歌

瓜食《うりは》めば子ども思ほゆ

瓜を食べると子どものことが思われる

栗食《は》めばまして偲《しの》ばゆ

栗を食べるとまして偲ばれる

いづくより来たりしものぞ

子は一体どういう縁で我がもとに来たものだろうか

まなかひにもとなかかりて

目の前にいつもちらついて

安寐《やすい》し寝《な》さぬ

安眠させてくれない

反歌

銀《しろがね》も金《くがね》も玉も何せむに　まされる宝子にしかめやも

(銀も金も珠玉も何になろう。これらの優れた宝も、子に及びはしないのだ)

「ちょっと笑みの浮かぶ歌だが、釈迦は子への愛を断ち切ったのではないのか。釈迦が一番脱したかった執着だろう」

「矛盾しているようですが、家族への執着が一番の煩悩と知った釈迦だからこそ出家して修行したので、筑前守はその捨てきれない愛を歌ったのだと思います。それより『いずくより来たりしものぞ』というのは、授けられた子どものことなのか。子への愛情なのか我は迷うところです」

「どちらとも思えるな。『瓜食めば…、栗食めば…』の書き出しはいかにも筑前守らしい。次の歌も読んでくれ」

「世間《よのなか》の住みかたきことを哀しぶる歌（世の中の住みにくさを悲しむ歌）」

長歌

世の中のすべなきものは

この世の中で仕方がないものは

年月《としつき》は流るるごとし

年月が流れてしまうことである

とり続《つつ》き追ひ来るものは

次々に追いかけてくるのは

百種《ももくさ》に迫《せ》め寄り来《きた》る

いろんな形で身に寄って来る

娘子《をとめ》らが娘子さびすと

娘たちがいかにも娘らしく

韓玉《からたま》を手本《たもと》に巻かし
　　舶来の唐玉を手首に巻いて
よち子らと手たづさはりて
　　同じ仲間たちと手を取り合って
遊びけむ時の盛りを
　　遊んだ娘盛りの時期を
留《とど》みかね過《すぐ》しやりつれ
　　留めきれずに過ごしてしまうと
蜷《にな》の腸《わた》か黒き髪に
　　蜷の腸のようにまっ黒な髪に
いつの間《ま》か霜の降りけむ
　　いつの間に霜が降りたのか
紅《くれない》の面《おもて》の上に
　　紅の顔の面に
いづくゆか皺《しわ》が来りし

どこから皺がきたのだろうか

ますらをの男さびすと

勇ましい若者が男らしく振舞おうと

剣太刀《つるぎたち》腰に取り佩《は》き

剣太刀を腰に帯び

さつ弓を手握《たにぎ》り持ちて

狩弓を握りしめ

赤駒《あかごま》に倭文鞍《しつくら》うち置き

元気な赤駒に倭文織りの鞍を置いて

這ひ乗りて遊び歩きし

這い乗り遊び回った

世の中や常にありける

世はいつまで続いたろうか

娘子らがさ寝《な》す板戸を

娘たちが寝ている部屋の板戸を

押し開きい辿《たど》り寄りて
　押し開いて探り寄り
真玉手《またまで》の玉手さし交《か》へ
　玉のように白い腕と差し交して
さ寝し夜のいくだもあらねば
　寝た夜などいくらもなかったのに
手束杖《たつかづゑ》腰にたがねて
　手に握った杖を腰に当てがい
か行けば人に厭《いと》はえ
　よぼよぼとあっちへ行けば人に嫌われ
かく行けば人に憎まえ
　こっちへ行けば人に憎まれ
老《お》よし男《を》はかくのみならし
　年老いた男とはこんなものであるらしい
たまきはる命惜しけど

命が古りゆくのは口惜しいが
為《せ》むすべもなし
なす術《すべ》もない

反歌
常盤《ときわ》なすかくしもがもと思へども　世のことなれば留みかねつも
(堅固な岩のようにいつまでもと思うけれど、老いや死は世の常だから留めようがない)

「この歌は最初の『世の中のすべなきものは、年月は流るるごとし。とり続き追い来る者は百草に迫め寄り来たる』で、言い尽くされている気がします」

読み終わって満誓が言った。

「最後もいい。だが筑前守は若いころ、『剣太刀腰に取り佩き、さつ弓を手握り持ちて、赤駒に倭文鞍うち置き、這い乗りて遊び歩いた』ことがあるのだろうか。これは貴族の子のいでたちだろう」

「歌の表現として書いたのでしょう」

「沙弥は妙に筑前の肩を持つが、なぜ今こんな三つの長歌を我に献上したのか分かりかねる。老荘的思想を仏教、儒教の考えで批判しているような気もする。民の立場から世を考える稀有な男だが、政治が分かっておらぬ」

旅人は微笑しながら言った。

「大伴卿へ何かを訴えたかったのでしょう」

「そう思うか。まあ、考えさせられる歌を味わった。少し早いが、ここでさっぱりと酒にしよう。おおい」

大伴卿が叫ぶと、すぐに酒と肴が運ばれた。

侍女が二人の杯に酒を満たして下がると、「汝もやれ」と言って、旅人が旨そうに酒を含んだ。

「卿も少しお元気になられましたな」

旅人の飲む様子を眺めながら満誓が言った。

「夫を亡くした異母妹、坂上郎女《さかのうえのいらつめ》が家刀自《とじ》として京より下って来てくれたので助かっている。家持《やかもち》もなついていてね。あれは明るくて周りにも気を配る女だ。で、汝も何か用だったのだろう。散歩に来たようなのんびりした顔ではなかったが」

「はあ、いきなり長歌を読まされましたが、先ほど政庁で聞いた話では、皇后藤原光明子《ふじわらのこうみょうし》の幼い皇子が亡くなられたそうで」

「京から急使の詔がきたので、国司に昨日知らせを出したところだ」

「光明子の産んだ幼い皇太子が亡くなったとすれば、何か藤原氏の動きが始まるでしょう」

「動きはあるにしろ、聖武天皇はまだ若いし、光明子にはまた皇子もできよう。左大臣長屋王は筋を通すが、思慮深いお方だ。幼児の皇太子が亡くなったぐらいで騒動はあるまい。第一どんな理由にしろ、生後二か月の乳児を藤原氏の意向で素早く皇太子にしたのが早すぎたのだ。官に嫌気がさして出家した沙弥が、妙に朝廷の動きを気にするじゃないか」

「議政官から外されている、元将軍の大伴卿に影響はございませんか」

「心配のし過ぎだ。今の我は鄙《ひな》にいる長官にすぎぬ。もっとも、政庁内では大弐、少弐の眼が光っているのは確かだがが」

その時、前庭から「筑前守がお見えです」という明軍の声が聞こえた。

「そのまま上がってもらえ」旅人が答えた。

「おや、沙弥もおいででしたか」

部屋に入るなり憶良は驚きながら座り、大伴卿に深く頭を下げた。

「基皇子《もといのみこ》病死の知らせを読んだのだろう」

「はい、藤原氏系の天皇誕生の思惑が白紙になったとすれば、どうなるかと思いまして」

「大宰府には何の影響もないと、今、沙弥に言ったところだ」

「でも、聖武天皇には藤原光明子の他に有力な夫人《ぶにん》がおいででしょう。その方にも皇子がお有りと聞いていますが」

「確かに光明子と同じ位を持つ夫人の県犬養広刀自《あがたのいぬかいひろとじ》には皇子が生まれたばかりだ。だが、光明子には、まだ阿部内親王がおいでになる。皇女だが、力関係で法律通りとはいかぬだろう」

　旅人は言った。

「お二人とも憶良めをお笑いのようですが、世間には世継ぎや地位だけを心配している皇族、貴族がぬくぬくとしており、一方で下級官人、百姓は暮らしに困っているのです。牛馬は働くために餌は充分もらえるが、農民は働いていて食べ物にも不足しています」

「二人共、我が天武天皇の孫である長屋王を奉じて藤原氏一派と争うとでも思っているのか。今や藤原氏は皇室と蜘蛛の糸のような網で絡まり繋がっている。共に立ち上がる氏族は少ないだろうし、長引く戦いでは、それこそ百姓《たみ》が一番困る。名将は勝てぬ戦《いくさ》などせぬものだ」

　旅人は微笑んで、奥に向かって「筑前守に酒の支度を」と命じた。

　酒を飲みながら貧富の差の激しくなった原因などを話しているうちに、満誓が横にある巻紙を指差しながら憶良に言った。

「汝の来る前に、嘉麻から送った長歌を大伴卿からお借りして、我も読んだところだ。『惑《まど》へる情《こころ》を反《かえ》さしむる歌』も情緒はないが、いい歌だと思う」

「左様ですか。ご存じのように、平城京造営の力役あたりからまた家族を残して土地を逃げ出す農民が増えています。特に僧行基の仏教集団には人が集まっているようです」

「ああ、僧行基は慶雲元年（七〇四）には河内の生家を寺にしている。確か家原寺《えばらじ》という修行道場みたいな場所だったらしいが、行基は根っからの宗教伝道者だ。逃亡農民を入れているのも成り行きだろう。百済系の家で土木業の仲間が多かったので、平城京造営のころから、力役を終えて田舎に帰る農民が泊る為に、布施屋という小屋を街道のあちこちにつくったそうだ」

旅人は以前聞いた話をした。

「道場に入った者には開墾をさせ、米や野菜を作らせる。食べ物があり、庸調、力役がないので人が集まるのです」

憶良は答えた。

「そうなると民を導く国司ほど、民を苦しめることになるな」

大伴卿は苦笑しながら言った。

「そうなのです。手の打ちようがありません。特に養老七年（七二三）に三世一身法（開墾を奨励するために灌漑《かんがい》施設を新設した場合は三代の利用権を認めた法律）が出て、班田収授は総崩れです」

憶良はのんびりしている大伴卿をすがるような眼で見た。

「行基のような僧が、逃げ出してきた民を養っている。これで百姓《たみ》の一部は助かっているのだ。国司がそう真っ向から敵にせずともいいだろう」

「それでは官人としての在り方が問われます」

「確か行基を非難する詔が出たはずだが」

満誓が口を挟んだ。

「詔は出しても取り締まっていないのです」

憶良はそこまで言って口を閉じた。

目の前に見える大野山には、もう夕日が当たっていた。

前庭の作業はすべて終わったらしく、釣瓶を動かす音や盥《たらい》に明ける水音がしていた。鍬などを洗ったあと、手足を洗うのか、また二度も三度も水をくみ上げる釣瓶の軋む音が響いている。

「筑前守は早く京へ戻りたいだろう」

大伴卿が訊ねた。

「我の努力が足りないようです」憶良は答えた。

「我は筑紫に骨を埋めていいと思っています」横から満誓が言った。

「満誓は出家だし、あの世にはどこからでもいける。だが聞くところでは、雇っている飯焚きの女に子どもができたそうじゃないか」

「腹が出てきたので里に帰していますが、大伴卿のお耳にも入りましたか」

「寺の女たちが、何かの折、郎女に言ったらしい。汝は六十過ぎになっても種子が残っているのか。恐ろしい男だな」

「それは分りません。女が我の子と言うので手当てを持たして里へ遣り、戻って来いと言っておきました。気の良い女でしてね。もし他に好きな男がいるのなら戻らないでしょう。子を抱いて帰ってくれるといいのですが」

「寺に子が産まれたら、何かと噂になる」

「そんな噂など、寺の経営に差し支えありますまい。寺に子を持つ飯焚きの女が居るというだけですから。筑前守の言う『何処より来りしものぞ』です」

満誓は言った。

四　平城京

光明子《こうみょうし》の皇子が亡くなった神亀五年（七二八）九月から時を経ずして、大宰大弐丹比県守《だざいのだいにたじひのあがたもり》は民部卿に任命され、京へ戻ることになった。旅人は急な召還に驚いたが、阿志岐《あしき》の駅家《うまや》で官人たちと送宴を催し、次のような歌を贈って見送った。

君がため醸《か》みし待酒《まちざけ》　安《やす》の野にひとりや飲まむ友なしにして

（あなたのために醸造したもてなしの酒を安の野に独りで飲むのだろうか。友もいなくて）

十月末には定期の朝集使《ちょうしゅうし》として少弐小野老《おののおゆ》が上京した。朝集使は朝廷への四度の使いの一つで、十一月一日までに朝集帳（国司・郡司の勤務評定書）や枝文《えだぶみ》（関係書類）等を持って政務報告をし、元日の朝賀の儀式にも加わる役目である。

年明けて神亀六年の朝賀の儀も無事に終わると、聖武天皇から三月初めに宮廷の松林苑で群臣を集めての曲水の宴を催し、翌日には任官を行うという詔があった。朝集使たちも三月まで留め置かれた。

その間の二月十日のことだった。少し肌寒い日暮れどき、平城宮とは二条大路を隔てて東南にある左大臣長屋王の広い邸宅を、宮廷警備の兵士たちが静かに取り囲み始めた。

夜更けには塀の廻りを埋め尽くすほどに増えていた。広いとはいえ、二十人ほどの警備が守る個人邸に対し、異常に多い数だった。

邸内では二人一組の夜警がふた手に分れて見回っていたが、外の気配に不審をいだき、閂《かんぬき》をかけた正門扉の隙間から表を覗いた。

門前には指揮官を先頭に、兵士が四列に並んでいる。夜警の一人が素早く駈け出して、当直の舎人《とねり》に知らせた。

舎人はすぐ長屋王に注進し、確認のために舎人自らも夜警と共に表門へ急いだ。月明かりで先頭にいる二人が式部卿《しきぶきょう》の藤原宇合《うまかい》公と衛門佐《えもんのすけ》（宮廷警備の次官）佐味虫麻呂《さみのむしまろ》であるのを見て息を殺した。

ぎこちない走りですぐ母屋へ戻り、ことの次第を報告しようと廊下に伏すと、几帳の向こうには、既に衣を着替えた長屋王と四人の皇子たちに囲まれた吉備内親王《きびないしんのう》が並んでいた。

「式部卿と衛門佐がいるという事は、我一人が狙いだ。兵士たちの包囲は外からの救援軍を防ぐためだろう。邸内の者に危険はない。点いている灯は消さず、新しい灯は点けぬように。仕事はそのまま続けて、それぞれの棟の責任者を大広間に集めよ」

長屋王は命じた。

「なぜ、こんなことに」

蒼ざめた吉備内親王が、両手を王の脚に置いて尋ねた。

「天皇と藤原氏が動いているとすれば、世継ぎの問題だろう」

長屋王は説明しながら、十九歳の若い聖武天皇が即位してすぐ、己の母、故文武天皇夫人の藤原宮子を大夫人《だいぶにん》と尊称する詔《みことのり》を出した時のことを思い出した。皇族でない女性に大を付けて尊称するのは公式令に違反するので進言すると、翌月あわてて詔をお取り消しになったのだ。あのおりの我を見た恨めし気な若い天皇の表情は今でも忘れられない。臣として令に沿ったことを申し上げたのだが、あれが協力して政治を行っていた二人の心が行き違った最初だった。

天皇の助言者には、議政官の中に宮子や光明子の兄藤原房前《ふじわらのふささき》が内臣《ないしん》として任じられていた。それにしても、天皇は藤原氏に引きずられ過ぎていると長屋王は思った。

「明日になれば勅使が来て理由が判明するだろう。今夜は心配せず、子どもたちを落ち着かせて、ゆっくり休みなさい」

「でも、兵士に取り囲まれているのですよ」

「内親王。あなたは天武天皇の孫であり、現聖武天皇の父、亡き文武天皇とは兄妹でしょう。式部卿ごときには手が出せません。ご心配なきよう」

と言ったが、世継ぎの何番目かに位する我が子には危険を感じながら正殿へ向かった。

広間では家令（家政機関の長官）が各持場責任者の出席を確認しているところだった。家令から全員出席を伝えられると、長屋王は皆を床に座らせ、椅子にかけたまま落ち着いた声で話した。

「衛府《えふ》の兵たちがこの邸宅を取り囲んでいるが、明日まで我を動かさぬためだ。邸内への攻撃や、火付けなどはない。夜が明ければ、朝廷の窮問官が来て問題が判明する。一同は普段のごとく担当の仕事に励むように。門番は怯えず定刻に門の閂を抜いて開けること。兵士たちが乱れ込むようなことはない。今後の事は家令の指示に従いなさい」

翌日の巳《み》の刻（午前十時）に舎人親王《とねりしんのう》と新田部親王《にいたべしんのう》、議政官の大納言多治比池守《たいなごんたじひのいけもり》、中納言藤原武智麻呂《ふじわらのむちまろ》、右中弁小野牛養《うちゅうべんおののうしかい》、少納言巨勢宿奈麻呂《こせのすくなまろ》の六人が長屋王邸に入った。

廷内の内舎人《うどねり》は王の身を案じながらも指図された通り、六人を客殿に案内した。

舎人親王は知太政官事《ちだいじょうかんじ》（皇室側から議政官を見守る役目）であり、新田部親王は宮廷警備六衛府の長官である。それに同僚の議政官の二人が同伴していたので、事は重大だと長屋王は思った。

客殿では、舎人親王の後に続いた窮問官が上座の椅子に並んで腰を降ろした。長屋王は六人に向き合う形で離れた椅子にゆっくり座った。

「我等は長屋王への窮問の儀があって聖武天皇から遣わされたのだ」

弁官小野牛養《べんかんおののうしかい》が口を切った。

「何用かは知らぬが、いきなり邸宅を衛府の兵が取り囲み、訊問に来るとは失礼であろう」

「知太政官事の前である。口を慎め」

先日までは長屋王に低く頭を下げていた小野牛養が叱責した。

「議政官までを揃えているが、罪は何だ」

「国家《みかど》への反逆である」

「全く謂《い》われなきことだ」

「証人が居る。ここにきて見苦しいぞ」

不比等の長男藤原武智麻呂が言葉を挟んだ。

「左京の住人である従七位下漆部君足《ぬりべのきみたり》と無位の中臣宮処東人《なかとみのみやこのあずまひと》の二人が『長屋王は秘かに左道を学び、国家を倒そうとしています』と訴え出たのだ。すでに三関（鈴鹿の関・不破の関・愛発《あらち》の関）は軍で固められている。援軍は何処からも入れまい。左大臣だとて、どうあがいても動きはとれぬ。罪を認めたがいい」

日頃は六衛府の警備長官として、にこやかに相談し合っていた新田部親王までが冷たく言い放った。

「心当たりはまったくない。罠だ。藤原兄弟が仕組んだな」

長屋王は新田部親王と藤原武智麻呂を睨みながら答えた。

武智麻呂は平然として見返した。

「明日、天皇のご沙汰があろう。覚悟して待つように」

弁官の小野が宣すると、六人は立ち上がって引き上げた。取り調べというより、罪状通告のようなものだった。

長屋王は急に力を無くし、座ったままの姿勢でしばらくは動けなかった。

どれほどの時が経ってか、王の耳に人の声が微かに聞こえた。

「吉備内親王がお待ちです」

入り口に伏したまま、帳内舎人《ちょうだいとねり》が低い声で繰り返していた。

長屋王ははっとして立ちあがり、主屋のほうへ歩き出した。親王の部屋に入るとすぐ、四人の子どもたちが縋《すが》りついてきた。何か良くないことが起きたのを感じているらしかった。

吉備内親王は青ざめた顔で座ったままだった。

「どうやら聖武天皇が我を除きたいらしい。国家反逆罪で窮問を受けた。向こうには二人の証人がいるそうだ。藤原氏と組んで創り上げたのだろうが、ここにきて覆す方法はないだろう。反逆罪は流刑では済むまい」

聞くなり、吉備内親王は身を崩して床に泣き伏した。

「まず光明子を皇后の位にするのが狙いだろう。皇族でない者を皇后と呼ばせるのは法令違反である。我を亡きものにすれば、他の議政官は意のままで、法の違反など簡単だと考えているようだ」

長屋王は静かに吉備内親王と四人の子どもたちを抱き締めた。親王は王の近くに寄り、膝に伏したまま泣き続けた。

「一縷《いちる》の望みはあるが、天命だ。母親は気を強くし、皇子たちを守って生き延びなさい」

言いながら王は内親王を抱き起こした。

「明日我はどうなるか分らぬが、仏教に深く帰依して三法の奴《さんぼうのやっこ》とまで自称し、多くの経典を奉納している聖武天皇と、仏を崇め鎌足公の為に興福寺を建立したほどの藤原氏だ。刺殺の命令は下すまい。衛府《えふ》の将官に率いられた兵たちが取り囲み、我自らの行為にまかすつもりだろう。我は最後まで何日も逆らう」長屋王は言った。

「我等も共に行動しとうございます」

二一歳になった長男の膳夫王《かしわでおう》が三人の弟たちと一緒に言った。

「そうか有難う。しかし四人は今後、母上をしっかり守りなさい。父の頼みだ。今夜は父さんも一緒に寝よう」

動こうとせぬ親子を押すようにして長屋王は寝間の方に歩いた。堅い廊下の板に歩を進めながら、長屋王は吉備内親王なら四人の皇子を守れるに違いないと思った。

長屋王が窮問官に国家反逆を問われた次の日の早朝、兵衛府長官が五十人の兵と共に邸内に入り、主屋の周りを取り囲んだ。刑部《ぎょうぶ》官と兵二十人はすぐさま屋内に土足で踏み込み、舎人、資人、侍女たちを屋外に出すと、素早く長屋王を部屋に軟禁した。別隊は回廊で離れている内親王の部屋に吉備内親王と皇子四人を追い込んだ。

「いきなり、何をする」長屋王が叫びながら両手で板戸を開けた。刑部官は書状を見せ、「勅命である。自ら死を選ぶように」と言った。

「無実だ。長官新田部親王をここに呼べ。直々に話したい」

長屋王は命じた。

国を興した天武天皇には十人の皇子があり、長屋王の父高市皇子《たけちのみこ》は長男で、壬申《じんしん》の乱では若くして軍を率いて勝利し、天皇の信頼も厚かった。しかし母親が筑紫の地方豪族胸形君《むねかたのきみ》の娘だったので東宮での住まいはならず、高市皇子には特別に太政大臣の地位が与えられた。その長男である長屋王は並みの左大臣とは違うという誇りがあった。母の出が筑紫の豪族とはいえ、その財力の応援もあって大海《おおあま》（天武）軍は勝利したのだと聞かされていた。

「仏教徒が人を殺せるなら殺してみよ。無罪の我は絶対自らは死なぬ」

長屋王と刑部官が言い争う間に、三人の兵が部屋に入り、梁《はり》に首吊りの綱を掛け、緩めた輪を下げると、用意した踏み台を真下に置いて出た。

「吉備内親王と皇子は無事に放たれたのか」

兵が閉めようとする板戸を半身でさえぎって長屋王が尋ねた。

「内親王と四人の皇子に罪はない。ご無事である」

刑部官は答えた。

聞いた長屋王は、板戸から半身を抜いた。その瞬間、数人の兵たちが用意した長釘で、三方の板戸を敷居、鴨居に打ち付けた。

部屋の中は長い間、静かなままだった。

刻一刻と経っても何の物音もしなかった。

正午を過ぎると、部屋を囲んで見張っていた兵たちは疲れて、ときどき交替しながら廻廊向こうの庭園や吉備内親王の部屋の警備の様子を見て戻ってきたり、廊下に腰を降ろしたりして、時の過ぎるのを待った。

内親王の部屋の前も退屈したような兵が交代で立ち番をしていた。

朝からの長い時間が流れた。

「せめて、夕食か、水でもお願いします」

夕刻近くなって舎人が、庭で指揮をしている長官と交渉したが、「重罪人である」といって刎ねつけられた。

陽が沈み、奴婢たちが廷内のところどころに灯を点し始めた。やがて辺りが暗くなり、灯だけがあちこちに浮かんだころ、長屋王の部屋の中で一瞬物音がして、微かな唸り声が聞こえた。

兵士たちはすぐ釘抜きを持ち、刑部官を見た。

「まだまだ分からぬ、何をするにも夜更けまで待て」

刑部官は言った。

その時、外の長官のもとに、十人ほどの兵が真っ白な垂れ幕に囲まれた御車を引いてやってきた。

「まだ解決しませんか」引率の隊長が尋ねた。

「中の具合は分からぬ。何をしに来た」

「六つの柩を届けに来ました」

「何、一つじゃないのか」

「はい、六個です。夜中までには解決して引き上げろとのご命令です」

「分かっておる、そう命じられているのだ。だが六個か」

「はい」隊長は書状を見せながら答えた。

「よし、中の刑部官に書状と柩を渡して帰れ。あとは我等の仕事だ」

長官は意外な展開に驚きながら言った。

柩を屋内に入れた隊長は御車の向きを反対に換え、兵を率いて戻った。

真夜中近くになってやっと長屋王を入れた柩が屋敷から運び出され、帳《とばり》を下げた御車の中に置かれた。

「吉備内親王はどうなさっている」

長官が長屋王の柩を運び出した兵士に尋ねた。

「内親王の部屋は廻廊の向こうなので、はっきりしませんが。刑部官が、もうすぐ済むだろうと言っておりました」

「殺すのか」

「分かりません」

「よし、屋内にもどれ」と長官は命ずると、御車の方に向いて姿勢を正し、左大臣の柩に体を震わせながら敬礼した。直接手を下さなかったものの、責任者である長官は王の死霊が恐ろしかった。

夜半過ぎになり、やっと六つの柩が揃い、刑部官を先頭に、二十人の兵士が車を引きながら長屋王邸を後にした。母屋を取り囲んでいた長官と兵士たちが続いて門を出た。

兵衛府長官はすぐさま朝廷に「二月十二日、王をして自ら尽《し》なしむ。その室、二品（皇族の位）吉備内親王、男従四位下膳夫《かしわで》王、無位桑田《くわた》王・葛木《かつらぎ》王・鉤取《かぎとり》王ら同じくまた自ら経《くび》る」という報告書を提出した。

二月十三日の昼には長屋王と吉備内親王は生馬山《いこまやま》（生駒山）に葬られた。

二月十五日聖武天皇は次のように詔した。

「左大臣正二位長屋王は残忍凶悪な人柄であったが、ついに道を誤って悪事があらわれ、よこしまの果てに、にわかに法網《ほうもう》にかかった。そこで二月十二日付で常例にしたがってこれを処理した。今後、国司は人が集まって何事かをたくらむのを見逃してはならぬ」

長屋王と交わりを持っていた七人は罪により流罪に処せられ、その他の者はすべて許された。告発した漆部造君足《ぬりべのみやつこきみたり》と中臣宮処東人《なかとみのみやこあずまひと》はともに外《がい》従五位下を授かり、封戸《ふこ》三十戸と田十町を賜った。

不比等が長屋王にさし出していた妃とその皇子たちは無事だった。

事件はこのようにして二月の内に結末を迎えた。

長屋王の長男で皇位継承候補の一人だった膳部王《かしわでおう》への作者未詳の悲傷歌が残されている。

世の中は空《むな》しきものとあらむとそ　この照る月は満ち欠けしける

（世の中は空しいものだと示すように、この照る月は満ち欠けをしている）

三月三日、聖武天皇は松林苑に出御して群臣を宴に招いた。政庁各司の官人と入京していた主典《さかん》以上も招き入れて、身分に応じて物を賜り、大がかりな曲水の宴がもよおされた。庭園に出てからの人々の賑やかさは、二月の事件など忘れたような振舞いだった。

三月四日、天皇は大極殿に出御、三十数名の昇叙が行われた。功により中納言藤原武智麻呂を大納言に、権参議多治比県守（元大宰大弐）、権参議石川石足《いわたり》（左大弁）、藤原麻呂（藤原兄弟の末弟）はそれぞれ従三位へと位が授けられた。

太宰少弐小野老《おののおゆ》は従五位下から従五位上への栄光を得た。

半年近くの平城京滞在を終えた小野老は、四月半ば本土の臨門駅家まで下って体を休めた。翌日の午後、大宰府に着くと、申《さる》の時（午後四時）、衣を改めて帥邸への帰朝報告に出向いた。

退庁後の旅人はくつろいだ姿で書斎にいた。

「ただいま戻りました」

「おお、疲れたろう。朝集帳など無事に通ったのか」

「はい、大宰府の分は大伴卿がおいでなので安心だとのお言葉でした」

「そうでもあるまいが、まあ、注意が無かったのならよかろう」

旅人はうなずくと、奥に向かって酒の支度を命じ、「誰か沙弥と筑前守を呼びに行かせよ。早く京のことをしりたいだろう」と付け加えた。

旅人が老と二人で酒を酌み交わしながら、西海道沿いの国々の様子などを尋ねていると、満誓と憶良が資人に案内されて現れた。

「平城京の話を封印して、汝らを待っていたのだ」

旅人が言った。

「で、平城京の様子は、いかがでしたか」

憶良は二人への挨拶もそこそこに尋ねた。

「いやあ、養老年間とは違って、見違えるほど立派になっておりました。特に聖武天皇即位後、五位以上の者および富者に対して家屋の瓦葺きや朱塗りを許し、奨励されてからは、内裏近くの屋敷が美を競ったのだそうです」

「違う、街のことじゃなく、長屋王の事だ。何かいろいろ見聞きしたろう」

満誓が言った。

「長屋王は吉備内親王や皇子共に自ら首を括って亡くなられたということ以外は聞いて居りま

せん」

「それだけか。吉備内親王までが亡くなったことに、汝は変だと思わなかったのか」

「思いましたが、宴のときなど、誰も話していませんでした」

「確かに宴では誰も口にしなかったろうがな」

満誓は憮然として言った。

「誰も確かなことは知らないようでした」

「ほんとにそうなのか。知らせでは長屋王は国家反逆罪として詰め寄られたのだ。罠であろうが、否定は通じなかったろう。だが、吉備内親王と四人の皇子は違う。内親王である母とその子が首を括ったというのが解せないのだ。釈放の誤りだと思っていたが」

旅人が付け加えた。

「仲間が集まったような政権では、律令国家の体制を為しません。それに母親が四人の子を残して首を括れますか。四人の皇子が首を括るのを見ておれるでしょうか」

憶良は続けた。

「おい、老が困っているではないか。筑前守らしくもない。落ち着け」

「汝のせいではないのに不愉快だろう。許してやれ」

旅人が老に酒を注ぎながら言った。

「いえいえ、皆さんの関心の深さには驚きました」

老は酒を受けながら答えた。


翌日は大宰府政庁で小野朝臣老の京往復の慰労と授位祝賀を兼ねた祝宴が催された。

憶良は病を理由に欠席を届けたかったが、余明軍が迎えに来たので出かけた。

少弐小野老を中心に大伴卿、大弐、少弐、二人の大監、少監、大典、少典などの官人たち。それに沙弥、筑前守が宴に加わった。

準備が整うと、幹事を仰せつかった防人司佑が老の同僚栗田少弐に祝賀の言葉を頼んだ。

「京の往復はお疲れになったでしょう。従五位上昇格おめでとうございます。官人の目標はまず従五位下ですが、この上の位が壁です。良く越えられました。お喜び致します」

少弐栗田の挨拶と同時に皆が拍手した。

「御蔭様で、やっと従五位上になりました」

小野老は頭を下げた。

「良かったな。まあ後で平城京の様子などを聞かせてくれ。皆の関心が深いようだ」

大伴卿が言った。

憶良は二人のやりとりを聞きながら、嬉しかった従五位下になった年を思い出していた。和銅七年だったから今年で十五年間、憶良は忘れられたように従五位下のままだった。

一同が乾杯をして、並べられた膳に箸をつけ始めると、あちこちからすぐ、京の様子を尋ねる官人たちの声が重なった。

「長屋王宅を取り囲んでいる大勢の兵を御覧になったのですか」

「松林苑での天皇の宴は、さぞにぎやかだったでしょう」

「大極殿での昇叙の様子はいかがでした」

小野老は杯を手に、ただにこやかな表情をしているだけだった。

「そう、一度にお尋ねしても、少弐はお困りです。ま、後でゆっくり聞きましょう。順番に、順番に」

幹事の司佑が制した。

官人たちは酒を飲み、肴をつつきながら、仲間たちで事件の噂をしていたが、どうも禁句らしいと思った様子で声が小さくなった。

「それでは少弐、ここらで平城京の歌でもご披露ください」

酒がまわったところで、司佑が座の雰囲気を変える為に頼んだ。

少弐は衣服を整えて立ち上がり、歌を詠みあげた。

あをによし奈良の都は　咲く花のにほふがごとく今盛りなり

（奈良の都は、咲きほこる花の輝くように今盛りです）


どんな歌が出るかと興味深く聞いていた一同からは「ほう」という声と共にあちこちから強い拍手が続いた。皆が遠い京を思い出したのだろう。

「京の様子が目に浮かぶようです」

近くに坐っている者が褒めた。

憶良は手を打ちながら、人々の表情を眺めていた。大伴卿はじっと目をつむって手を打っていた。沙弥は杯を持ったまま少弐を眺めている。下座の官人たちは一段と大きな拍手を送っている。

「お見事な歌でございました」

幹事の司佑は礼を言うと、すぐさま少弐に己の歌を返した。

やすみしし我が大君の敷《し》きませる　国の中《うち》には都し思ほゆ
（我が大君のお治めになっている国の中では奈良の都が一番懐かしいですね）

老は官人らと共に拍手をしながら、司佑の歌にうなずいた。
調子づいた司佑は、続いて大伴卿の方を向いて歌いかけた。

藤波《ふじなみ》の花は盛りになりにけり　奈良の都を思ほすや君
（藤の花が満開になりました。奈良の都を懐かしくお思いになりますか大伴卿も）

司佑め、つまらぬことを歌いかけると憶良は思った。確かに今は美しい藤の花盛りだ。しかし、「藤波の花は盛りになりにけり」と言えば、誰もが奈良の都での藤原氏の栄華を思うだろう。宴の座持ちは巧い男で、何かと幹事を頼まれる防人司佑だが、長屋王が除かれた今、大伴卿に余計なことを問いかけるなと言いたかった。
だが大伴卿は落ち着いて立ち上がると、静かに歌を返した。

我が盛りまたをちめやも　ほとほとに奈良の都を見ずかなりなむ

（我の盛りがまた戻ってくるだろうか。たぶん奈良の都を見ないまま終わるのではなかろうか）

上座の者も、下座の者も、大伴卿の歌をひっそり聞いていた。「奈良の都を見ずかなりなむ」の言葉に、誰もが手を打っていいものか迷った。

大伴卿は歌を続けた。

我が命《いのち》も常《つね》にあらぬか　昔見し象《きさ》の小川を行きて見むため

（我が命はいつまでもあってくれないものか。昔見た吉野の象の小川を行ってみるために）

象の小川は吉野の喜佐谷《きさだに》を流れて宮滝で吉野川にそそぐ小川である。大伴卿は飛鳥に宮があったころの吉野行幸の時など清い流れをいくども眺めたのだろうと憶良は思った。

幹事の司佑は歌が違った方に流れたので困ったが、止めるわけにもいかず聞いていた。

大伴卿は、今の平城京より、我は古い京、飛鳥が恋しいのだと言いたげに、続けて詠った。

浅茅原《あさじはら》つばらつばらにもの思《も》へば　古《ふ》りにし里し思ほゆるかも

（つくづくと物思いにふけっていると、古い飛鳥の里がおもいだされるなあ）

静まった座の雰囲気を感じながらも、旅人はさらに詠い続けた。

忘れ草我《わ》が紐《ひも》に付く　香具山《かぐやま》の古りにし里を忘れむがため

（我は憂いを忘れさせる萱草《かんぞう》をいつも下紐につけている。香具山のある古い飛鳥の里を忘れようと思って）

旅人はまだ詠い続けた。

我が行きは久《ひさ》にはあらじ　夢《いめ》のわだ瀬にはならずて渕にしありこそ

（我が筑紫暮らしもそう長くはないだろう。青い水をたたえている夢《いめ》のわだよ、浅瀬にならずに深い渕のままであってくれ）

司佑が「奈良の京を思ほすや君」と歌いかけたのに対し、大伴卿は明日香や吉野への望郷の気持ちを歌って返した。何か屈折したものがあったのか、いつもは座のことを考える大伴卿にしては珍しいことだった。

座の者はみな五首の歌をじっと聞いていたが、大伴卿が歌を詠い終えて座に着くと、静かな拍手が沸き起こった。

「有難うございました」

拍手の中で司佑が大伴卿に頭を下げた。

憶良は懐かしく思える里を持った大伴卿が羨ましかった。

その時、指名を受けていない沙弥が立ち上がった。

「歌には平城京や飛鳥あたりばかりが出てきて、みなはこの筑紫をお忘れのようだ。我らが住む筑紫もなかなかいい所ですぞ。ここで満誓めが筑紫の歌を一首」と言って詠いはじめた。

しらぬひ筑紫の綿は　身に付けていまだは着ねど暖けく見ゆ

（筑紫で出来る綿は、まだ肌身に付けて着たことはないが、暖かそうにみえる）

筑紫の綿は朝廷の調《ちょう》（物納税）に指定されている良品なのである。この歌には、同感する拍手が沸き起こり、宴らしさが戻ってきた。

「筑紫の綿というのは、まさか筑紫の女性を暗示しているのではないでしょうね」

司佑が言ったので、座が賑やかになった。

笑いや雑談が続いたところで、司佑は大伴卿を見た。そろそろ〆てよかろうという表情だった。

「ではここらで、筑前守に〆の歌をお願いします」と頼んだ。

憶良は床に両手を付きながら立ち上がり、詠った。

憶良らは今は罷《まか》らむ子泣くらむ　そのかの母も我を待つらむぞ

（憶良めはもうここらでおいとまします。家では子供が泣いているでしょうし、その子の母も我を待っておりましょう）

老官人憶良が「我妻もまっておりますから」と詠い終わると、座の者たちは笑って盛んな拍手をした。

憶良への喝采がしずまったころ、司佑は座を眺めながら、切りがいいところで一同にお礼の言葉を述べて祝宴をお開きにした。

皇位の流れは、天武―持統（皇后・我が子草壁の代理）―文武（草壁の子）―元明《げんめい》（草壁の妃）―元正《げんしょう》（草壁の皇女）―聖武（文武の子）と伝わっている。文武と聖武の間の二人の女帝は明らかに中継ぎで、聖武に皇位を手渡す為と思われる。

正倉院に残されている有名な献物帳の「黒作懸佩刀《くろつくりかけはきのたち》」説明書から、皇位を必ず孫やその子に伝えるために、持統と不比等の間で相談されたことが想像される。

「黒作懸佩刀一口　右、日並《ひなみ》皇子、常に佩持《はいじ》する所、太政大臣に賜ふ。大行《たいこう》天皇即位の時、更に献ず。大行天皇崩ずる時、また大臣に賜ふ。大臣薨ずる日、更に後太上天皇に献ず。」の記述である。「この黒作懸佩刀は、日並皇子（草壁皇子）が日ごろ身に着け持っていたもので、太政大臣（藤原不比等）に賜った。大行天皇（文武天皇）が即位のときに不比等から文武に献じられ、文武が崩ずる時に再び大臣（不比等）に賜り、不比等が没する日に後《のちの》太上天皇（聖武天皇、その時点では首《おびと》皇太子）に献じられた」というのだ。

母親も不比等の娘である聖武天皇が、左大臣長屋王一家を除いてまでも光明子を皇后にしたのが解る説明書である。

五　長屋王を偲ぶ七夕

神亀六年（七二九）七月七日の宵、沙弥と筑前守は帥邸に招かれた。

「今夜はささやかだが、左大臣の追悼を兼ねて二人を呼んだのだ。王の別邸佐保楼での七夕の宴はいろんな人が招かれ、趣《おもむき》ある集まりだった。王を偲んで過ごそうじゃないか」

二人が南の回廊に通されると、旅人が言った。

半円状に並べた円座の前には酒肴が準備されていた。下座には防人司佑四綱《さきもりつかさのすけよつな》が畏まって坐っている。少し離れて余明軍もいた。

「先日の幹事しくじりの罰として、司佑も加えた。さあ二人とも勝手に座の前の瓶子《へいじ》を傾けてくれ」

罰だと言って呼ばれている司佑は、卿のお気に入りらしかった。

「長屋王が亡くなられたのが二月で、あれから三月、四月、五月、六月、七月ですから、もう半年近くになりますね」

憶良は病で曲げにくい指を途中まで折って数えた。

天の川が切れ切れに、天空から基山《きやま》の方へ流れている。

「こんなに星が多くては、何度聞いても織女《しょくじょ》や牽牛《けんぎゅう》の位置を忘れてしまうな」

満誓が空を眺めながら言った。

「光る星や天の川が見えたら充分だろう。その両岸に、離れ離れにされた愛し合う男女の星を想像すればいい」旅人が応じた。

「ではせめて、二つの星を慰める歌ぐらいは詠まねば」

満誓は頷きながら瓶子を手にした。

明軍を入れて五人は、改めて杯を空に向かって捧げ、酒を飲みながら夜空の星を眺めた。

「見つめていると、星は不思議ですね」

司佑が言った。

「子どもみたいなことを言う」

旅人は微笑した。

「天空の美しさに劣らず、何とも言えぬいい香りが漂っていますが、香木ですか」

憶良が尋ねた。

「気づいたか。三人はさきほどから星と杯ばかりを見ていたが、あの飾りなのだ」

旅人は部屋の机を指さした。

机上には銀の香炉、硯と二本の筆、六弦の倭琴《やまとごと》が並んでいて、傍に香木が置いてあった。床の壺には薄《すすき》と桔梗《ききょう》が活けてある。

「ああ、乞巧奠《きっこうでん》でしょう」

「そうだ。もとは唐の風習で、女子が機織りなど手芸に巧みになることを祈ったらしい」

「我もそれくらいは知っています。ここに飾った意味は、右手に筆、左手に琴が文人の嗜《たしな》みで、文章や芸能の上達を願う為でしょう」

満誓がちょっと胸を張った。

「その通り、特にあの桐の琴は対馬から献上された珍品なのだ」

「なるほど立派な樹を磨きあげた琴のようです」

憶良は少し机に近づいて眺めた。

「では、その珍しい飾りの前で長屋王を偲び、筑前守の七夕の歌を聞こうじゃありませんか」

満誓は干した杯に酒を注ぎながら言った。

「まず、我からですか」

「そうだな、筑前守。汝の膝の上であの倭琴を弾きながら、七夕の歌をやってみないか」

旅人は飾っていた琴を慎重に取り上げて憶良に手渡した。

「では、弾きながら七夕の歌を長屋王御一家にお聞かせ致しましょう」

憶良は膝の上に置いた琴を二、三度掻き鳴らすと、星空に向かって姿勢をただした。

彦星《ひこほし》は織《たなばた》女《つめ》と
　彦星は織姫と
天地《あめつち》の別れし時ゆ
　天と地が別れた昔から
いなむしろ川に向き立ち
　川を挟んで向きあって立ち
思ふそら安けなくに
　思う心も安らかでなく
嘆くそら安けなくに

会えない嘆きで苦しいのに

青浪《あをなみ》に望みは絶えぬ

青浪で望みは絶えてしまった

白雲に涙は尽きぬ

白雲に遮られて涙は涸《か》れてしまった

かくのみや息づき居《を》らむ

こんなに溜息ばかりついておられようか

かくのみや恋いつつあらむ

こんなに恋い焦がれてばかりおられようか

さ丹《にぬ》塗りの小舟《をぶね》もがも

朱塗りの舟でもあればなあ

玉巻きの真櫂《まかい》もがも

玉をちりばめた櫂でもあったらなあ

朝なぎにい掻き渡り

朝凪に水を掻いて渡り

夕潮にい漕ぎ渡り
　夕方の満ち潮に漕ぎ渡り
ひさかたの天の川原に
　天の川の川原に
天飛《あまと》ぶや領巾《ひれ》片敷き
　あの子の領布《ひれ》を敷き
真玉手《またまで》の玉手さし交《か》へ
　玉のような腕《かいな》をさし交わして
あまた夜も寝《い》ねてしかも
　幾晩も寝たいものだ
秋にあらずとも
　七夕の秋ではなくても

　反歌
風雲《かぜくも》は二つの岸に通へども　我が遠妻《わがとほづま》の言《こと》ぞ通はぬ

（風や雲は天の川の両岸を行き来するけど、遠くにいる我が妻の言の便りは通《かよ》って来ない）

たぶてにも投げ越しつべき天の川　隔《へだ》てればかもあまたすべなき

（小石だって投げ届きそうな天の川だが、隔てているせいかどうしようもない）

憶良は倭琴《やまとごと》を弾きながら、ゆっくり反歌は二度繰り返した。

憶良の歌に、四人はさすがだという拍手をした。

「長屋王まで届いたでしょうか」

憶良が旅人を見ながら言った。

「お聞きになったに違いない。いい歌だった」

「だが、筑前守は天の川を海と混同しているようだ。青浪がとか、朝凪に夕凪にと言うのは海の言葉だろう」

満誓が言った。

「いやそれは距離の遠さを海のように感じての表現だろう。恐らく心には、遠いと言えばどこかに海を隔てた彼方への想いがあるに違いない」

旅人が補った。

「なるほど、天の川に海の表現をしてしまうのも納得だ。近い川に見えるが両岸の間はずっと遠いのだからな。しかし『礫《つぶて》にも投げ越しつべき』はどうなるのだ」

満誓は横目で笑った。

「そう虐《いじ》めないでください。では御二人にも七夕の歌をお願いします」

憶良は琴を静かに旅人に返しながら言った。

「いや、七夕の歌は今の筑前守の長歌で充分だ。あとは星を眺めて飲みながら長屋王を想いながら過ごそうじゃないか」

旅人が言った。

満誓もうなずいて、杯を満たした。

四人は夜空に向かって幾度も杯を上げながら王亡き後の 政《まつりごと》 などを語り合った。

「惜しいお方を亡くしましたね」

憶良が言った。

「長屋王の力が予想以上に大きくなったこともあるが、藤原氏は何よりも光明子の立后を強く望んでいたのだ」

「そのために朝廷の力で排除されたのですか」

「殺さずとも、よかったろう。島流しでもいい」

旅人はいつになく未練がましく言った。

「次は誰が左大臣になるのでしょうか」

憶良が訊ねた。

「まずは藤原氏の長男である議政官武智麻呂だろう。しかし少しは間を置かずばなるまい」

「政策を議論して意見を述べるべき議政官が片寄り過ぎています。これでは国を良く治めることなど出来ないでしょう」

「もう、その話は止せ。政治には良くも悪くもかけ引き、策略があるのだ」

旅人は言うと、酒を飲み始めた。

「そう真剣になるな。歌をもう一首どうだ」

酔った満誓が憶良に言った。

「分かっています。でも歌といえば、まだ沙弥の声は聞いていませんが」

「よし、沙弥に代わって、今夜は我が歌を付け加えよう。実は少弐の帰京の宴で、皆に披露する準備をしていたのだが、幹事のせいで我が歌が飛鳥に逸《そ》れてしまい、筑前守も〈我は罷《まか》らむ〉などと歌ったので、機会を逃したのだ」

旅人は酔った目で司佑を見た。

「ぐっと逸らしたのは、大伴卿ご自身です」

司佑は恐縮しながらも、譲らなかった。

「まあ、取りあえず我の歌を聞いてもらおう。酒を讃《ほ》める歌だ」

「それはぜひ、お聞かせください」

満誓が杯を置いて喜んだ。

『讃酒歌《さんしゅか》十三首』を披露しよう。多いので三首で区切り、一杯飲んでは続ける。杯を満たしてくれ」

四人が期待の拍手をした。

「じゃあ、始めるぞ」旅人は声を掛けて詠い出した。

讃酒歌十三首

験《しるし》なきものを思はずは　一杯《ひとつき》の濁れる酒を飲むべくあるらし
（くだらぬ物思いなどするよりは、一杯の濁り酒を飲む方がましだろう）

酒の名を聖《ひじり》と負《おほ》せし　いにしへの大き聖《ひじり》の言《こと》の宜しさ
（酒の名を聖と名付けられた、いにしえの大聖人の言葉の見事さよ）

いにしへの七《なな》の賢《さか》しき人たちも　欲《ほ》りせしものは酒にしあるらし
（昔の竹林の七賢人も、欲しがったものは酒であったらしい）

「恐れ入りました」

四人が笑いながら拍手をし、満誓が旅人の杯を満たした。旅人は頷いてゆっくり飲み、また、立ち上がった。

賢《さか》しみと物言ふよりは　酒飲みて酔ひ泣きするし優《まさ》りたるらし
（賢ぶった物言うよりは、酒を飲んで酔い泣きする方がましであるらしい）

言はむすべ為《せ》むすべ知らず　極《きは》まりて貴きものは酒にしあるらし
（何とも言いようも、しようもないほどに、この上なく貴いものは酒であるらしい）

なかなかに人とあらずは　酒壺《さかつぼ》になりにてしかも酒に染みなむ
（なまじっか人間でいるよりは、酒壺になってしまいたい。酒浸りになって居れよう）

「賢しみと物言うのは、我のことでしょうか」

憶良は訊ねたかったが、流れを損ないそうで言いかねた。旅人は静かに杯を傾けていた。

あな醜《みにく》　賢《さか》しらをすと酒飲まぬ人をよく見れば猿にかも似む

（ああみっともない。利口ぶって酒を飲まない人の顔をよく見たら、猿に似ている）

価《あたい》なき宝といふとも　一杯《ひとつき》の濁れる酒にあにまさめやも

（値の付けようもない宝の珠《たま》でも、一杯の濁った酒にどうしてまさろうか）

夜光る玉といふとも　酒飲みて心を遣《や》るにあに及《し》かめやも

（たとえ夜光る玉といっても、酒を飲んで憂さを晴らすのにどうして及ぼうか）

旅人はここまで詠うと、先を忘れたのか、一杯飲んで紙切れを広げた。

四人とも期待して、次を待った。

世間《よのなか》の遊びの道に楽しきは　酔ひ泣きするにあるべかるらし

（世の中の風流な遊びの道で楽しいのは、酔い泣きをすることであるらしい）

この世にし楽しくあらば　来《こ》む世には虫に鳥にも我はなりなむ
（この世では酒さえ飲んで楽しかったら、来世では虫にでも鳥にでも、我はなろう）
生ける者つひにも死ぬるものにあれば　この世にある間《ま》は楽しくあらな
（生きている者はいずれ死んでしまうのだから、この世にいる間は楽しくありたいものだ）
黙居《もだを》りて賢《さか》しらするは　酒飲みて酔ひ泣きするになほ及《し》かずけり
（黙りこくって分別くさく振舞うのは、酒を飲んで酔い泣きするのにやはり及ばないのだ）

旅人が坐って手にした紙をくしゃくしゃ丸めたとき、四人とも大きな拍手をした。

手にした杯に憶良は酒を注いだ。

旅人はちょっと照れた顔をして一気に酒を飲み干した。

「讃酒歌、お見事でした。では、最後は我に歌わせて頂こう」

満誓は自ら立ちあがり詠った。

世間《よのなか》を何に譬《たと》へむ　朝開《あさびら》き漕ぎ去《い》にし船の跡なきごとし
（世の中を何に例えたらいいだろう。朝、港を漕ぎ去った船の水跡が、たちまち消えてし

まうようなものだ)

一同は肯きながら拍手をした。

憶良は沙弥の歌が、大伴卿の見事な十三首を一首で受け止めたような気がした。

旅人が帥邸で長屋王を偲ぶ七夕の宴をした前の月の神亀六年六月二十日に、京では左京職《さきょうしき》の藤原麻呂(藤原兄弟の末弟)が「背に文字を記した珍しい亀」を大君に献上していた。亀の背の文字は「天王貴平知百年《てんわうくゐへいちはくねん》」(天王は貴く、その平安な治世は百年)と読めた。

聖武天皇は亀の入った桐箱を手に取り、神の御認めになった我等の政治の良き貴き瑞《しるし》と非常に喜ばれ、八月五日に改元。神亀六年を改め天平元年とする詔《みことのり》を出された。

直ちに天下に大赦の令を下し、宮中の高官にはそれぞれ賜り物があり、朝廷の官人四等官以上には位階を一つ上げられた。

八月十日には、また詔して、正三位藤原夫人光明子を「皇后」に立てると述べられた。

大宝令では皇后はしかるべき内親王から選ばれる決まりだったが、もう令の違反を持ち出すような議政官などいなかった。

八月二十四日には、五位以上と諸司の長官を内裏に召し入れられて、舎人親王《とねりしんのう》が天皇に代って次のように勅《みことのり》を宣べられた。

「天皇のお言葉であると、親王たち、また、汝ら諸王たち、臣下たちに語ってやれと仰せられるには、天皇である朕《ちん》（天皇の自称）が高御座《たかみくら》（天皇の座）に初めて就いてから、今年に至るまで六年を経た。この間には、天皇の位を継ぐべき順の者として亡き幼い皇太子があった。これにより皇太子の母であられる藤原夫人光明子を皇后と定める。

このように定めるのは、天皇である朕の身にも年月が重なってきたからである。天下の君主として、長い年月の間、皇后のいないのも、一つのよくないことである。また天下の政《まつりごと》にあっては一人で処理すべきではなく、必ず後《しりえ》の政があるべきである。これは特別なことではない。天に日月があり地に山川があるように、天皇と皇后が並んであるということは、汝ら王臣たちもよく見知っているところである。然るにこの皇后の位をこのように遅くなって定めたのは、かりそめにも、わが家を任せる妻は一日二日とかけてえらび、十日二十日を試み定めるというから、重大な天下のことを軽々しく行なったりはすまいと思って、この六年の間に選び試み、今日、いま目の前に皆を召し入れて、細かに事の様子を話すのであると仰せになるお言葉を、皆承れと申し告げる。

このように仰せになるのは、口に出して言うのも恐れ多いこの平城宮にあって、あきつ御神として大八州国《おおやしまぐに》をお治めになったわが祖母である天皇（元明《げんめい》）が、はじめてこの皇后を朕に賜わった日に次のように仰せられた。

『女といえば皆同じであるから、自分がこのように言うかといえばそうではない。この女の父である大臣不比等が、力を添えて天皇をお助けし、敬いつつしんでお仕え申し上げげつつ、夜中や暁にも休息することなく、浄く明るい心をもってうやうやしく仕えているのを見ているので、その人の悦ばしい性格や勤勉なことを忘れることができない。親愛なわが王よ、この娘に過ちがなく罪がなければ、お捨てになるな、お忘れになるな』と仰せられたお言葉に従って、あれこれと六年をかけて試み使ってみて、皇后の位を授けるのである。

このようなことをするのは、朕の世だけではない。難波の高津宮《たかつのみや》にあって天下を統治された仁徳天皇は、葛城《かつらぎ》の曽豆比古《そつひこ》の娘、伊波乃比売命《いはのひめのみこと》を皇后として結婚されて、この国の天下の政《まつりごと》をお治めになり執り行なわれた。したがって今さら珍しく新しい政ではなく、昔から行ってきた先例のあることであるぞ、と仰せられるお言葉を皆承れと申しわたす。」

（直木孝次郎訳）

すぐさま、この詔は大宰府や各国にも伝えられた。

憶良も手にしたが、弁解がましい詔が情けなく、これが我が上においでの大君の言葉だろうかと残念だった。三年ほど東宮侍講の一人としてお教えしただけに情けなかった。

旅人は旅人で詔を読み、早く京へ戻りたいと考える日が続いた。大宰帥任命は全くの左遷だったのを思い知ったし、何としても議政官に復帰したかった。

体調も優れなくなっていた旅人は、義妹の坂上郎女に改めて長男家持《やかもち》の養育を任せ、成り行きを待たず、手段を考え、安全に京へ帰る対処をせねばという思いを巡らした。

旅人は藤原不比等を筆頭とする議政官だった時、藤原房前とは仲がよかった。今の房前がどう出るか分らぬが、近々公用で上京する予定の大宰府の大監《だいげん》に、まず、あの「倭琴」と共に書簡を託してみることにした。

大伴淡等謹状《おおとものたびときんじょう》
梧桐《ごとう》の日本琴《やまとこと》一面　対馬の結石山《ゆいしやま》の孫枝《ひこえ》です。
この琴が、夢に娘子《おとめ》になって言いました。

「私は、根を遠い対馬の高山に下ろし、幹を果てもない大空の美しい光にさらしていました。長らく雲や霞に包まれて山や川の蔭にさすらい、遥かに風や波を眺めて物の役に立てるかどうかの状態でいました。たった一つの心配は、寿命を終えて空しく谷底深く朽ち果てることでありました。ところが、幸いにも立派な工匠《たくみ》に出遭い、伐られて小さな琴になりました。音質は荒く音量も乏しいことを顧みず、徳の高いお方のお側に置かれることをずっと願っています」と。

そして歌って申しました。

いかにあらむ日の時にかも　声知らぬ人の膝の上《へ》我が枕かむ

（どういう日の、どんな時になったら、音色を分かってくださるお方の膝の上を私は枕にすることができるでしょうか）

我はそれに答えて歌いました。

言問《こと》はぬ木にはありとも　うるはしき君が手馴れの琴にしあるべし

（物言わぬ木ではあっても、素晴らしいお方が膝に置いてくださる琴になるでしょう）

琴の娘子が答えて言いました。
「謹んで結構なお言葉を承りました。幸せの限りです」と。
しばらくして目が覚めて、夢の娘子の言葉に感動し、感無量でとても黙っていることができません。そこで、公の使いに託して、ともかくも進呈申し上げます。
大伴淡等　謹状　不具
天平元年十月七日　使いに附けて進上《たてまつ》る
謹んで　中衛高明閣下《ちゅうえいこうめいかっか》　謹空《きんくう》

この手紙は大伴氏の氏上《うじのかみ》である旅人の敗北宣言だった。すべては情勢を考え、若い家持と大伴一族、大和を支えた旧氏族のためにと考えていた。

待つことひと月、房前からの返事が届いた。

「謹んで御芳書を拝承し、幸いと喜びの思いが共に深く感激しております。立派な御琴を御贈りくださった高く遥かな御志の、卑しいこの身にいかに深いかしみじみ知りました。お目にかかりたい心は平常に百倍する思いです。謹んで白雲の立つ筑紫からの御尊詠に和して、拙い歌を献上いたします」

房前謹状

言問《こと と》はぬ木にもありとも　我が背子《せ こ》が手馴れの御琴地《みことつち》に置かめやも

（物言わぬ木ではあっても、あなたのお気に入りの御琴を膝から離すようなことは致しません）

十一月八日　帰る使いの大監《だいげん》に託けます。

謹通　尊門　記室

旅人は房前からの返書を読んでひとまず安心した。本心からの返事でないかも知れぬが、心は通じていると思った。大君の相談役である内臣ならば、角を落とした男鹿のような我が姿がお上にも伝わるだろう。だが、情勢の甘くないことは書簡からも感じた。

六　梅花の宴

「新春十三日に政庁と筑紫九国二島の官人を帥邸に招き、『梅花の宴』を催す」という知らせを憶良も昨年十一月に受取っていた。

明けて天平二年元旦の大宰府政庁朝賀の儀は、京と同じように政庁官人と政庁滞在中の国司、国司代理の朝集使も参加した。寿ぎの酒宴があった。

数日後の昼過ぎ、憶良は梅花の宴の国司の出席が気になり、伺いがてら帥邸へ出かけた。

「大伴卿はなぜ急に大がかりな宴を思い立たれたのか。昨年行われた、京での曲水の宴が頭にあったのだろうが、恐らく、筑紫大宰府の存在を示したいのではなかろうか」

憶良はぼんやり、そんなことを考えながら歩いていた。

大伴卿が対馬から献上された倭琴《やまとごと》を藤原房前に贈ったことなど、憶良は知らなかった。

帥邸近くまで行くと、庭で独り、青竹を振り回しながら遊んでいる少年が見えた。

家持《やかもち》公だった。

九歳の家持公は憶良の姿を見るなり、すぐ門を出て迎えに来た。

「父に御用ですか」と言いながら憶良の手を引いた。

今までこんなことはなかったが、体の弱りようが分かるのかと、憶良はしばらく手を貸してゆっくり歩いた。

「有難う。父上に、筑前守が来たと伝えておくれ」

門近くで憶良が言った。

「はい」という元気な返事と共に、家持は小さな手を放して駆け出した。

代わって現れた資人の案内で帥の部屋に通されると、大伴卿は大野山の山すそから続く北庭に机を向けて筆を動かしていた。机上には開いた冊子があった。

憶良の挨拶に大伴卿は振り返りながら「おお、良い相手が現れた」と言った。

「何かお調べでしたか」

「いや、それほどのことではない。『梅花の宴』で、せっかく四十首近くの梅花の歌ができるのだ。後でまとめたいと思ってな。序文の書き出しを考えていたところだ。宴での挨拶にも使えるだろう」

「はあ、それで机上に『蘭亭叙《らんていじょ》』が載っているのですか」

「筑前守なら、晋《しん》の王羲之《おうぎし》が赴任した土地の名士を蘭亭に招いて、曲水に杯を浮べながら詩を賦《ふ》した雅会を知っているだろう」

「はい、あの地方は竹の産地なので、細い竹で小さな筏を組んで庭の池から引いた水の流れに浮べ、手もとに来た筏の上の杯を時おり取りながら漢詩を詠んで楽しんだと聞いております」

「蘭亭叙は習ったのか」

「はい、我がまだ写経生のころ、石碑の拓本を欧陽詢《おうようじゅん》が臨書した『蘭亭叙』の写しを手本にしておりました」

「欧陽詢の楷書で練習していたのか。では、文章も覚えているだろう」

「最初の方なら覚えています。永和《えいわ》九年、歳癸丑《としきちゅう》に在り。暮春《ぼしゅん》の初め、会稽山陰《かいけいさんいん》の蘭亭《らんてい》に会す。禊事《けいじ》を修《おさ》むるなり。群賢《ぐんけん》ことごとく至り、少長《しょうちょう》みな集《つど》ふ。この地に崇山峻嶺《すうざんしゅんれい》、茂林修竹《もりんしゅうちく》あり。また清流激湍《せいりゅうげきたん》ありて、左右に映帯《えいたい》す。引いて以て流觴《りゅうしょう》（觴＝杯）の曲水《きょくすい》となし、その次《じ》に列坐《れつざ》す。糸竹管弦《しちくかんげん》の盛《せい》無しといへども、一觴一詠《いっしょういちえい》、また以て幽情《ゆうじょう》を暢叙《ちょうじょ》するに足れり……」

「耳から聞いても良い文章だな。まだまだその先まで覚えているか」

旅人は憶良の暗誦の途中で言った。

「不思議なものです。七十にもなると、昨日は何を食べたかも忘れているのに、若いころ覚えたものはすらすら出てまいります」

「この頃は我もそうだ」旅人はうなずいた。

「王義之も官吏だったらしい。書芸に通じた才人で、官僚になってからは地方官、将軍等を歴任したが政界に入れられず、会稽内史《かいけいないし》（会稽地方の長官）を最後に、官吏を辞して逸民《いつみん》（隠者）の暮らしを始めたようだ。ちょうど永和九年の蘭亭の雅会の三年後だ」

「それは存じませんでした」

憶良は答えながら、大伴卿が蘭亭序を参考にしているのは、文の表現だけでなく王義之の逸民の心に感ずる処があるからだろうと思った。

「で、筑前守の用件は何だ」

「九国二島の国司の出席数が気になりましたので」

「そうか、朝賀の儀に加わった国司や代理の中で、参加したい者は残っても、改めて来てもいいことにしたが、肥前、肥後、豊前、日向の四か国の国司は欠席らしい」

「国司が駄目なら、介《すけ》（二等官）でも、掾《じょう》（三等官）でも代りを出せばいいものを」

「いや、仕事ではないのだ。歌を楽しみたい者だけでいい。だが、国司が四か国欠席となれば、少し足元を見られたかな」

旅人は苦笑いした。

「大隅と薩摩は問題を抱えているので、国司代理の朝集使二人と政務報告が済んだ後も、話し合いを続けているところだ」

「大隅、薩摩両国の問題とは、何ですか」

「十年前の二月に、班田収授に従わぬ隼人《はやと》の乱が起こったのを覚えているか。大隅国の国守《こくしゅ》、陽侯史麻呂《やこうのふひとまろ》が隼人に殺された事件だ」

「覚えています。ちょうど我も伯耆守《ほうきかみ》でしたので非常に驚きました」

「我はあの三月に朝廷から征隼人大将軍に任じられて筑紫に下ったが、八月には右大臣藤原不比等《ふじわらふひと》公の薨去《こうきょ》で、太政官へ戻されたのだ。残った二人の副将軍の指揮のもと、一年以上掛かって、やっと斬首《ざんしゅ》や捕虜など合わせて千四百人余りを罰して引き上げたが、朝廷は今日《こんにち》までまだ大隅地方の征服が出来ぬままだ。隼人はどうもヤマトに対して強い誇りがあるらしい。服従した一部の隼人は畿内へ強制移住させられ、朝廷の特別な儀式等に加わっているが、残って抵抗している隼人を中心に、両国の農民たちは、我らが田畑は、古い国が出来る以前から個人で開墾したものだと言う理由でまだ班田収授を刎ねつけており、朝廷も持て余しているようだ」

「そうでしたか」

「現在、巡り合わせで、その折りの将軍が大宰帥になっている。なんとか言い分を聞いて解決したい」

「解決の糸口などあるのですか」

「今、京では皇族でない藤原光明子《こうみょうし》の皇后が実現して、何かと光明皇后の慈悲や善行、聖武天皇の偉大さ、仏教信仰の厚さなどを世間に吹聴している。いい機会だ。あれからでも抵抗が十年続いている。今は朝廷も大隅まで軍を動かす気はないだろう」

大伴卿が朝廷へ働きかけようとしているのは、隼人の為でもあり、卿の実績作りでもあるのだろうと憶良は推察した。

国司にはそんな強い力が無い。出挙《すいこ》（農民への強制的な種籾稲束の貸付け）の利率を郡司に守らせようとしても、土地に根を張った郡司が蔭で利子を上乗せし、困窮している農民も春になると種籾が必要なので黙ってその通り払っている。幾度調べても郡の下役人は法以上取らぬといい、農民は払っていないというのだ。利子が重なれば、当然、土地を捨てて逃げ出す農民もいる。後の土地は郡司や力のある農民の所有になり、他から逃げてきた農民を員数外の形で雇い入れて働かせている。郡司に詰め寄っても罰しきれず、何の効果もない。国司が郡をまとめ難くなるだけだった。大伴卿も察知して、何かと苦心されているのだろうと思った。

「梅花の宴」の当日、正月十三日は幸い薄曇りで、寒さも和らいでいた。政庁から大宰帥、大弐《だいに》、少弐《しょうに》、大監《だいげん》、少監《しょうげん》などその他。それに、別格の観世音寺別当を加えて二十一名。各国からは筑前守《ちくぜんのかみ》、筑後守《ちくごのかみ》、豊後守《ぶんごのかみ》、壱岐守《いきのかみ》など十一名、総員三十二名が集い、帥邸の北庭に面した部屋で催《もよお》された。

憶良が少し早めに帥邸に行くと、二つの部屋の戸を外し、奥が上座、手前が下座になっており、上座も下座も左右二列に向かい合って白木の膳が並んでいた。上座の正面は主人である大伴卿の席、大伴卿に相対した下座の席は、歌を記録する書記らしかった。

資人が指図して、忙しそうに女たちが酒宴の準備をしていた。白木の各膳の上には小杯と酒肴《しゅこう》を盛った皿が六つほど載っている。のしあわび、塩鯨、細割りの干鯖、百合根の梅肉和え、新芽の素揚げなどがあった。

相客と向かい合った膳の間には、裏白の葉を重ねて敷いた上に、栗、干柿、干棗《ほしなつめ》、蓮の実などを盛った高坏《たかつき》が置かれている。さすが、帥邸の酒宴ともなると酒の肴《さかな》だけでもたいしたものだと思った。

「客人の控え部屋はどこだろう」

憶良は資人に尋ねた。

「次ぎの部屋です。もうずいぶん御集りです。筑前守は準備の監視をされているのかと思いました」

「いやいや、帥邸の宴とは、どんなものかと思って眺めていたのだ。席は決まっているのか」

「はい、大伴卿の席を中心に、今、名札を置いているところです。上座は大伴卿の前の左が主客の大弐で、後は位階の順に並べています。右側も大伴卿の近くから次の位階の順に名札を置きます。下座は少し違っています。筑前守の席はあちらですよ」

資人が教えてくれた。

なるほど憶良の名札は左側で、大伴卿のそばから位階順の五番目になっていた。政庁の官人でも欠席が何人かいるようだった。

憶良が控えの部屋へ行こうとしたとき、資人の余明軍《よのみょうぐん》を先頭に、人々が入ってきた。憶良は顔を合わせるのを避けて、下座の端近くに行き、庭の梅の木を眺めた。梅の花は四分か五分咲きというところで、場所によってはまだ蕾《つぼみ》の多い木もあった。

「亡き家刀自は病が治ったら、この北庭の手入れをしようとお考えだったのだな」

憶良は思い出した。

半分ぐらいの人々が入って来たので憶良も混じって着座した。憶良の下隣は同じ従五位下の豊後守で、その次は外《げ》従五位下の筑後守、次が笠沙弥《かさのさみ》で左上座は終わっている。

対する右列上座は大伴卿の近くから正六位下の大伴百代《おおとものももよ》、従六位上阿部息島《あべのおきしま》、従六位上土師百村《はにのももむら》、正七位上史部大原《ふびとべのおおはら》、正八位山口若麻呂《やまぐちのわかまろ》と並び、あとには主幹事の従六位下丹比麻呂《たじひのまろ》と司会の正八位上薬師張福子《くすりしちょうふくし》が並んでいた。

少し間を空けた下座の席も埋まり、浅紫の朝服《ちょうふく》を着て巾広い帯に位を示す長綬《ちょうじゅ》を垂らした大伴卿が最後にゆったり着座したので、司会の幹事が立ちあがって、一同に『梅花の宴』への参加の礼を述べた後、大伴卿にお言葉を願った。

官人は白の下袴《したばかま》の上に足元近くまでの長い朝服を着ており、位によって朝服の色が決まっているので、会場は色とりどりの華やかな雰囲気だった。ちなみに主客の大弐は従四位下で深い赤、憶良たち国司の五位組は浅い赤だった。次に六位の深緑、七位の浅緑、八位の深い藍色と続いていた。

主人の大伴卿は、にこやかな顔で歓迎の言葉をのべた。

「折しも新春の令月にして、気は清く澄みわたり、風は和らぎそよいでいる。梅は鏡前の白粉のように咲いていているし、蘭は貴人の匂い袋の香のように香っている。それればかりか、明け方の峰には雲がさしかかり、松は雲の薄絹をまとって絹笠をさしかけたようであり、夕方の山の頂には霧がかかって、鳥はその霧に閉じ込められて迷っている。庭には春に生まれた蝶が舞い、空には秋来た雁が帰って行く。

ここに一同、天を屋根にし、地を莚にし、互いに膝を近づけて盃を回まわす。一座の者みな光惚として言葉も忘れ、雲霞《うんか》の彼方に向かって胸襟《きょうきん》を開く。心は淡々としてただ自在。思いは結然としてただ満ち足りている。ああ、文筆によるのでなければ、どうしてこの心を述べ尽すことができよう。漢詩にも落梅花の作がある。昔も今もなんの違いがあろう。さあ、この園梅を、それぞれが我が宿の園として、しばし倭歌《やまとうた》を楽しまれるがよい」

大伴卿は一同の盛んな拍手を受けながら着座した。

庭に面した戸が全部開け放たれているので、少し寒かったが、部屋に近い北山の斜面に薄陽が当たり、梅が見渡せて風がなく、良い心持ちだった。

大伴卿の後に主幹事の丹氏が立ち上がって開宴の言葉を述べた。

「大宰府政庁と九国二島の同好の官人が相会し、『梅花の宴』を開くのは、深い喜びです。本来は『天《あめ》を蓋《やね》にし、地《つち》を坐《しきい》にし、梅花の下で』といきたいところですが、外は寒うございますので、梅は部屋から眺め、膝を近づけて盃を回し、花はまだ若くとも、落梅花に思いを馳《は》せ、庭園の梅を題としてしばし倭歌を楽しみましょう。なお、本日の上座は唐の如く、土師《はじ》氏は土氏《とじ》のように姓は一字でお呼び致します。それでは紀卿《きのきょう》の前に大杯を置き、酒を満たしますので、梅花の歌をご披露のうえ、飲みほして次にお回しください。もうすでに、歌をご用意の方もあるかと思いますが、次に詠む方は出来るだけこの雰囲気の中で前の歌を受けながら心をつないで下さい」

主幹事の言葉が終わると、大杯を捧げ持った遊行婦《ゆぎょうふ》の児島が、瓶子《へいじ》を持った数人の若い女と共に入ってきた。女たちは列の左右に分かれて坐った。児島はまず主客紀卿の横に座り、卿の前に大杯を置いて、なみなみと酒を注いだ。

紀卿はうなずいて立ち上がると、太い声を最初の歌らしく、より長々と響かせて詠い終えた。

正月《むつき》立ち春の来《きた》らば　かくしこそ梅を招《を》きつつ楽しき終へめ　大弐紀卿《きのまえつきみ》
（正月になり春がやってきたら、毎年このように梅の花を迎えて、楽しい日を尽くそう）

紀卿は詠い終わると一同の大きな拍手の中で大杯を手にとり、満足そうに酒を飲み干して前に置いた。

紀卿は憶良と共に、養老五年に「退朝之後令侍東宮」の詔《みことのり》を受けた首皇太子教育講師十六人の中の一人で、当時、正五位上だった。紀卿はさすが宴の始まりらしい見事な冒頭歌を詠まれたと憶良は感心した。

大杯は遊行婦の手で、次に少弐小野老《おののおゆ》の前へ移って、杯が満たされた。少弐は立ち上がって詠った。

梅の花今咲けるごと散り過ぎず　我《わ》が家《へ》の園《その》にありこせぬかも

少弐小野大夫《おののだいぶ》

（梅の花よ。今咲いているように散ってしまわず、我が家の園に在ってくれないものか）

少弐老が前の寿《ことほ》ぎを受けて詠い、杯を飲み干すと、やや間を置いて、次の少弐粟田必登《あわたのひと》に回った。

梅の花咲きたる園の青柳《あをやぎ》は　かづらにすべくなりにけらずや

少弐粟田大夫

（梅の花の咲ぎ匂うこの園の青柳は　芽吹いて髪飾りの輪に出きそうになったではないか）

少弐粟田は梅の園に緑の柳の芽を取り出して風景を変えながら詠った。長い拍手のなかで杯は憶良に回って来た。

憶良は酒を満たした大杯を前に立ちあがり、少し考えて歌を披露した。

春さればまず咲くやどの梅の花　ひとり見つつや春日《はるひ》暮らさむ
筑前守山上大夫
（春になると真っ先に咲く庭の梅の花を、ひとり見ながら春の日を暮らすのだろうか）

みなが宴らしく詠んでいる中で、憶良はいつもの癖で「や」を詠嘆の気持ちで詠んで、大伴卿に捧げた。しかし「や」を疑問に読み、いや皆共に楽しもうともとれるせいか、拍手が多かった。
杯はゆっくり次に移った。

世の中は恋繁《こひしげ》しゑや　かくしあらば梅の花にもならましものを
豊後守大伴大夫
（人の世は恋の苦しみがつきません。こんなことなら梅の花にでもなりたいものです）

豊後守は恋仕立ての歌を詠んだので、笑い声も混じった。

梅の花今盛り成り　思ふどちかざしにしてな今盛りなり
筑後守葛井大夫
（梅の花は今が盛りだ。気心の知れた者同志が髪に飾って楽しもう。今が盛りだ）

筑後守は憶良と違って、ただ景気よく飾って楽しもうと詠いかけ、座を明るくした。

大杯がきて、酒が満たされると、満誓は前の歌をまとめるように詠った。

青柳《あをやなぎ》梅との花を折りかざし　飲みての後《のち》は散りぬともよし　　笠沙弥

（青柳に梅の花を折りかざして、飲んだ後《あと》なら共に散ってしまっても構わないではないか）

落ち着いただみ声が部屋に響いた。沙弥が宴をまとめて詠う技は、拍手で盛り上がり、上座左の列が終わった。

児島たちは正面の中央に戻って、この屋《や》の主人の前に杯を置いた。憶良は大伴卿がどんな歌を詠うか楽しみだった。

大伴卿は大杯に酒を注いでもらうと、ちょっと間を置こうという感じで一休みして立ち上がった。

我が園《その》に梅の花散る　ひさかたの天《あめ》より雪の流れくるかも　　主人の歌

（我が園に梅の花がしきりに散っている。遥かな天空から雪が流れ来るのであろうか）

大伴卿はここで、唐でいう「落花梅」を詠んだのだろう。沙弥の「散りぬともよし」をも受けて、帥邸に幻の梅花を一気に散らした。

賞賛の拍手が鳴り止まなかった。

ここで小休止となり、雑談をしながら小杯を傾け、次は左上座の大監伴氏百代《ばんしのももよ》から始まり上座の終わりで休み、下座の中ほどで休みしながら賑やかな宴は続いた。

最後に司会から、書記役の小野氏淡理《おのうじのたもり》が指名されて、打ち上げの歌を詠んだ。

霞立つ長き春日をかざせれど　いやなつかしき梅の花かも　　小野氏淡理
（霞立つ長い春日の一日を髪にかざしているけれど、ますます手放し難い梅の花だ）

小野氏の歌には共感と慰労の拍手が続いて宴は終わった。

淡理が全体を書き留め、各自に朱を入れてもらい、大伴卿に提出したのは、次の三十二首だった。

正月立ち春の来たらば　かくしこそ梅を招きつつ楽しき終へめ　　大弐紀卿
梅の花今咲けるごと散りすぎず　我が家の園にありせこぬかも　　少弐小野大夫
梅の花咲きたる園の青柳は　かづらにすべくなりにけらずや　　少弐粟田大夫
春さればまず咲くやどの梅の花　ひとり見つつや春日暮らさむ　　筑前守山上大夫

世の中は恋繁しゑや　かくしあらば梅の花にもならましものを
豊後守大伴大夫

梅の花今盛りなり　思ふどちかざしにしてな今盛りなり
筑後守葛井大夫

青柳梅との花を折りかざし　飲みて後は散りぬともよし
笠沙弥

我が園に梅の花散る　ひさかたの天より雪の流れくるかも
主人

梅の花散らくはいづく　しかすがにこの城の山に雪は降りつつ
大監伴氏百代

梅の花散らまく惜しみ　我が園の竹の林にうぐひす鳴くも
少監阿氏奥島

梅の花咲きたる園の青柳を　かづらにしつつ遊び暮らさな
少監土氏百村

うちなびく春の柳と　我がやどの梅の花とをいかにか分かむ
大典史氏大原

春されば木末隠りてうぐひすそ　鳴きて去ぬなる梅が下枝に
少典山氏若麻呂

人ごとに折りかざしつつ遊べども　いやめづらしき梅の花かも
大判事丹氏麻呂

梅の花咲きて散りなば　櫻花継ぎて咲くべくなりにてあらずや
薬師張氏福子

萬代に年は来《き》経《ふ》とも　梅の花絶ゆることなく咲き渡るべし
筑前介佐氏子首

春なればうべも咲きたる梅の花　君を思ふと夜いも寝なくに
壱岐守板氏安麻呂

梅の花折りてかざせる諸人は　今日の間は楽しくあるべし
神司荒氏稲布

年のはに春の来たらば　かくしこそ梅をかざして楽しく飲まめ
大令史野氏宿奈麻呂

梅の花今盛りなり　百鳥の声の恋しき春来たるらし　少令史田氏肥人

春さらば逢はむと思ひし梅の花　今日の遊びに相見つるかも　薬師高氏義通

梅の花手折りかざして遊べども　飽き足らぬ日は今日にしありけり　陰陽師磯氏法麻呂

春の野に鳴くやうぐひす　なつけむと我が家の園に梅が花咲く　算師芯氏大道

梅の花散り乱ひたる岡びには　うぐひす鳴くも春かたまけて　大隅目榎氏鉢麻呂

春の野に霧立ちわたり　降る雪と人の見るまで梅の花散る　筑前目田氏真上

春柳かづらに折りし梅の花　誰れか浮かべし酒杯の上に　壱岐目村氏彼方

うぐひすの音聞くなへに　梅の花我が家の園に咲きて散る見ゆ　対馬目高氏老

我がやどの梅の下枝に遊びつつ　うぐひす鳴くも散らまく惜しみ　薩摩目高氏海人

梅の花折りかざしつつ　諸人の遊ぶを見れば都しぞ思ふ　土師氏御通

妹が家に雪かも降ると見るまでにここだもまがふ梅の花かも　小野氏国堅

うぐひすの待ちかてにせし梅が花　散らずありこそ思ふ子がため　筑前掾門氏石足

霞立つ長き春日をかざせれど　いやなつかしき梅の花かも　小野氏淡理

旅人は手渡された三十二首の歌の次に、帥邸に帰って、員外の二首と後の追和の四首を装った我が歌を書き加えた。

員外、故郷を思ふ両首

我が盛りいたくくたちぬ　雲に飛ぶ薬食《は》むともまたをちめやも

（我が盛りはすっかり衰えてしまった。雲上を飛べる仙薬を飲んでも再び若返りはしまい）

雲に飛ぶ薬食むよは　都見ばいやしき我が身またおちぬべし

（雲を飛べる仙薬を飲むよりは、奈良の都をみたら卑しい我が身もまた若返るに違いない）

後に梅の歌を追和する四首

残りたる雪に混じれる梅の花　早くな散りそ雪は消《け》ぬとも

（消え残る雪に混じっている梅の花よ、早々と散らないでくれ。雪は消えてしまっても）

雪の色を奪ひて咲ける梅の花今盛りなり　見む人もがも

（雪の色を奪うかのように白く咲いている梅の花は今が盛りだ。共に見る人がいたらなあ）

我が宿に盛りに咲ける梅の花　散るべくなりぬ見む人もがも

（我が家の庭に咲き誇っている梅の花は今にも散りそうだ。共に見る人がいたらなあ）

梅の花夢に語らく　みやびたる花と我思ふ酒に浮かべこそ

（梅の花が夢の中で語った。私は風雅な花だと思っています。空しく散らさずに酒に浮かべてくださいと）

こうして序文と追和の歌で飾った「梅花の宴」の巻物はのちほど書簡と共にまとめて、旅人は朝廷に仕える医術家吉田連宜《きちだのむらじよろし》に送ることにした。

三月上旬になって、大伴卿に思わぬ喜びがあった。旅人が心をくだいた大隅・薩摩に班田収授を行わない件は、朝廷に受け入れられ、次のような詔が大宰府政庁に届いた。

「大宰府言《もう》さく、『大隅・薩摩の両国の百姓、国を建ててより以来、かって田を班《あか》たず。その有《も》てる田は悉《ことごと》く是れ墾田なり。相承《あいうけ》けて佃《たづく》ることを為《な》して、改めて動かすことを願はず。若《も》し班授に従はば、恐らく喧《かしま》しく訴ふること多けむ』とまうす。是《ここ》に、旧《もとし》に随《たが》ひて動かさず。各《おのおの》自ら佃《たつく》らしむ。天平二年三月七日」

詔を受け取った旅人の心は、強く京へ向かい始めた。

七　松浦河

「梅花の宴」から三か月後の四月初旬だった。

旅人は防人司佑大伴四綱《さきもりつかさのすけおおとものよつな》と資人の余明軍《よのみょうぐん》を連れて、松浦《まつら》地方の巡視を考えた。巡視と言っても、懐かしい吉野川の宮滝《みやたき》にどこか似ているという玉島川の七瀬《ななせ》の淀《よど》や、旅人の曾祖父の兄に当たる将軍、大伴狭手彦《おおとものさでひこ》が伽耶《かや》国の任那《みまな》救援の基地にしたという松浦《まつら》の里を一度見ておきたいと思ってのことだった。

大宰府政庁の巡視だが、筑前守なら同行させてもいいと思い、余明軍を知らせにやった。

「国の仕事があるので、残念ですが参加出来ませんというご返事でした」

明軍が帰ってきて報告した。

「本心は行きたいのに、やせ我慢しているらしい。国司は自由に隣国への巡行などできないので、いい折りだと思って誘ったが、政庁の松浦巡視を物見遊山だと思っているのだ」

旅人は、仕様のない奴だという顔をした。

「もう一度御誘いしてみましょうか」

「そのままでいい」
旅人は返した。

一行は筑前守を残して出発した。馬で政庁から水城《みずき》西門を出て筑紫館《つくしのやかた》に立ち寄り、西海道を対馬路に入った。志摩半島の根元を横切るとやがて深江駅家《ふかえのうまや》になる。地図ではその近くに筑前守が「鎮懐石《ちんかいせき》の歌」に詠んだ大きな卵形の石があるはずだった。

歌の序には「筑前の国怡土《いと》の郡《こおり》深江村子負《こふ》の原の、海を目の前にした丘の上に二つの石がある。大は高さ一尺一寸、周り一尺八寸六分、重さ十八斤五両。小は高さ一尺一寸、周り一尺八寸、重さ十六斤十両《きんりょう》。どちらも楕円形で、まるで大きな鶏の卵のようである。その美しく立派なことは口ではとても言い表せない。いわゆる径尺《けいせき》の璧《たま》（珍しい尺玉）とはこれをいうのであろう」と書いている。

余明軍が鎮懐石のある丘を見つけると、旅人も司佑《つかさのすけ》もすぐ馬を降りて木に繋ぎ、丘にあがった。丘は小さな森になっており、確かに大小二つの石が並んでいた。

「これは、どんな来歴の石ですか」
司佑が尋ねた。

「なんでも言い伝えでは、昔、息長帯比賣命《おきながたらしひめのみこと》が新羅《しらぎ》を討ちにお出《い》でになる時、懐妊なさっており、この二つの石を衣の帯に挟んで、御心の鎮《しず》めとされ、無事帰国して、御子を御産みになったそうだ。そういうわけで、道行く人びとが鎮懐石《ちんかいせき》として崇めているらしい」

「でも、女の尊《みこと》が十八斤（約十キロ）もある石を御裳《みも》に挟んで出陣なさったというのは本当でしょうか」

「事実はともかく、言い伝えを那珂郡蓑島《なかのこおりみのしま》の建部牛麻呂《たけべのうしまろ》から聞いたと、筑前守が後書きに記している」

「細かい高さや、重さまで序に書くのは、いかにも筑前守らしいですね」

「詳しいことは歌を読んでみるといい」

旅人は付け加えた。

一行は次の佐尉駅《さいのえき》（現在の福吉《ふくよし》）から海岸沿いの道を離れて山道に入った。筑前と肥前の国境である白木《しらき》峠を通って下れば、玉島川の上流に出るらしい。旅人らは左右に張り出した木々の枝を避けながら、石ころの多い坂道をゆっくり、尾根を目指して登った。

峠は浮岳《うきだけ》と十坊山《とんぼうやま》が連なる鞍部《あんぶ》にあった。辺りはときおり、ケキョ、ケキョという鶯の鳴き声が聞こえるだけで、不気味なほど静かだが、細いながら人の通れる幅は充分にある。

「この峠を少し下ると、狩川川《かりかわ》があります。川沿いをそのまま行けば、玉島川の鮎返しという集落に出るようです」

政庁の地図を開いて余明軍が言った。

狩川川の下流辺りでは、あちこちに茅葺の小屋が見えてきた。

「おい、馬を止めて静かに」

しばらく下って急に旅人が言った。

一行が馬を止めて聞き耳を立てると、下の方から水の音が微かに聞こえた。川が合流しているらしい。

「玉島川はもう近いな」

「ええ、すぐそこのようですよ」

明軍が答えた。

やっと玉島川沿いの深い草藪に出ると、旅人は馬に乗ったまま、丈の高い萱《かや》越しにしばらく川の流れを見詰めていた。

「どこか川べりに近づける所はないか」

「探します」司佑はすぐ馬を藪の中に進めた。

やがて川下のほうから大声で叫んだ。

「ここなら藪が切れていて、川がよく見えます。岩場へも下りることが出来そうです」

旅人もすぐ藪に沿って下った。

司佑のいるそばで馬を降り、手綱を後から来た明軍に渡すと、「ほう」と言ったまま川の流れに見とれていた。

この辺りは川底が深く、両岸には大きな灰色の砂岩が重なり合っていた。藍色の水がゆったり流れている。石を伝って少し下ると、何人かが坐れそうな大きな石があった。

「噂にたがわず良い光景だ」と言いながら旅人は石伝いに下りていった。

供の二人もすぐ後を追った。それぞれ足場を確かめながら、大伴卿の立っている場所に移った。

「吉野の川幅にはとうてい及ばぬが、どこか宮滝辺りの雰囲気がある。ここらで一休みしよう。何か食べるものはないか」

「干し飯か干し栗ならございますが、すぐこの川下《かわしも》が大村駅家です。そこで食事をなさってはいかがですか」

司佑が言った。

「時間も無いしそうしよう」

進むに従って草むらを踏みしだいた小道が出来ていた。川幅も広くなっている。川のこちらは浅瀬が出来ており、小さな鮎《あゆ》の群れがときどき背を銀色に光らせながら近づいては、またすぐ深いほうに戻って行った。

下流には数戸の小屋が並んでいた。

「向こう岸に見える薄茶色の石は息長帯比賣《おきながたらしひめ》が鮎占いをなさった石らしいです」

余明軍が地図を見ながら大伴卿に言った。

「着ていた衣の糸を抜いて垂らし、戦いの勝敗を、鮎釣りで占われたという石だな」

「はい、その後ろの方に見える山が領巾《ひれ》振りの嶺《みね》です」

「山はここからでもそう遠くない。駅家《うまや》で飯を済ましたら登ってみよう」

旅人は供の者に言うと、駅家に向かった。

「政庁からの巡行中だ。少し休息したいが、食べ物の用意はできるか」

余明軍が駅長らしい男に声をかけた。

驚いた駅長が深く頭を下げてすぐ奥へ行き、やがて顔を出した。

「飯に鮎の塩焼き、うるか（鮎のわたの塩辛）、蜆の味噌汁、大根漬けくらいなら、今すぐご用意できます」

「それで充分」

大伴卿は喜びながら言った。

旅人が表で川の流れに見とれているうちに食事の支度ができた。

「めしは冷めていますが、鮎は今焼いたばかりです」といいながら妻女と小娘が次々に膳を運んできた。三人とも、焼いた鮎の匂いをかいだとたんに腹がすいているのを感じた。

旅人がまず五寸ほどの鮎の頭と尾を両手に持って、腹の方からかぶり付いたので、司佑も明軍も同様な食べ方をした。

「ほろ苦くて旨い。この時期でも鮎が獲れるんだな」

「もうしばらくすると、五寸以上の鮎をお出しできるのですが」

顔をほころばした駅長が言った。

二人共、大伴卿に続いて鮎をたいらげ、珍しいうるかを飯にのせて食べ始めた。

「も少し焼かせましょうか」

駅長が尋ねた。

「こんなに旨い鮎は初めてだった。もう二匹ほど欲しいところだが、先を急ぐので残念だ」

旅人が言った。

「これから何処へおいでですか」

「あの山に登るのだ」

余明軍が領巾振り山を指差して言った。

「鏡山でございますか。別名領巾振り山とも申しておりますが。それなら、この辺りの事に詳しい者をお供させましょう」

駅長はすぐ、奥から老人を連れてきた。

「我が父でございます。ここらのことなら誰よりよく知っております」

「ご苦労だが頼もう」

旅人が言った。

一行は案内の老人を先頭に川向うの山に向かって馬を進めた。川は山の麓辺りまで蛇行していた。

「このあたりから、玉島川は松浦河と呼ばれています」老人が言った。

駅長が無理に付けてくれた父親は七十近いようだが元気な男で、付近の地理には詳しかった。

山を登りながら、松浦湾に浮かぶ島の一つ一つを指差しながら、あれが高島、あれが神集島《かしわじま》と名前を教えると、名の言われなどを説明した。

領巾《ひれ》振り山の頂上は思ったよりずっと広かった。真ん中には岸の周囲が斜めになった火口湖のような大きな池があり、腰が隠れるほどの雑草で囲まれている。所々に大きな木々が繁茂していて全体の視界を遮っていた。

頂上では、相手が大伴卿とも知らずに老人は「領巾振り山」の言われを語り始めた。

「ひと昔前の話じゃ。京から大伴狭手彦《おおとものさでひこ》という郎子《いらつこ》が朝廷の命を受けて、新羅《しらぎ》に攻められた伽耶《かや》国の任那《みまな》を助けるために、軍を引き連れてこの松浦《まつら》の地においでになったそうじゃ。船装い（船の準備）の間、この麓の地の篠原《しのはら》村の弟日《おとひめ》姫に、名は佐用姫《さよひめ》と言ったが、妻問ひをされたのじゃ。大伴郎子《おおとものいらつこ》は別かるる折、鏡を取って姫に与えたが、川を渡るときに鏡の緒が切れ、川に沈んでしまったので、この辺りを鏡の里と言うと伝えておる。郎子《いらつこ》が船立ちの日、佐用姫は、この山に登って沖行く船に領布《ひれ》をいつまでも振り招いたそうじゃ。それでこの山を領巾振り山ともいう。だが不思議なことに相別れて五日経《へ》たのち、顔容貌《かおかたち》は狭手彦に似た男が夜毎部屋に来ては姫と共に寝てすぐに帰る。姫はそを怪しみ、秘かに麻糸を男の裾に縫い付け、下女と麻糸をたどって行くと、この嶺の池にたどり着いたのじゃ。池には頭は蛇にして体は人なる生き物が寝ておって、『篠原の弟日姫《おとひめ》よ。もう一夜でも寝たら帰してやる』という。弟日姫は気絶し、供の下女は恐ろしくなり麓に逃げて親や村人を連れて引き返すと、この沼の底に姫の屍《かばね》だけが沈んでいたそうじゃ。

親がこの山の麓の里に手厚く葬ったので、墓は今でもある」

「蛇は山に住む神の使いだというので、蛇の伝説は飛鳥の三輪山など、あちこちでも聞くが、我は船で去った男を長い間待ち続けて、とうとう石になったという伝説を聞いたことがあるのだが」

「ああ、そんな言い伝えもあるが、篠原村には親が埋めた屍の墓がちゃんと残っている。人が百年ほどで石になろうか」老人は言った。

「いや、百年経たずとも、思いの強さでは人が石に成るやもしれぬ。我はこちらを信じたい」

旅人は老人に言った。

司佑と明軍はどちらとも決めかねながら下山した。

一行は玉島川の川辺に着くと、老人に礼を言って別れた。

「佐用姫は今も厳木《きゅうらぎ》の里の墓に眠っている。疑うなら行って確かめるがいい」

老人は別れぎわに言った。

旅人たちが川向うに大村駅を眺めながら右岸を川上の方に戻っていると、川に降りる石組みがあった。

流れの浅い岸近くの平らな石の上で、若い娘が水に濡らした布を石に引き上げては、素足で踏んで洗濯をしていた。

着ている衣が濡れぬように裾を引き上げ、腰紐に挟んでいるので、布を踏む白い足が交互に動く様子が美しく見えた。

旅人は白い脚の動きを眺めながら、我が身が久米の仙人のようになるのを感じた。

踏んでも落ちぬ汚れを落としているのか、川の中で、もみ洗いしている娘は、腰を高くしている。

「若い女は生き生きしていていいな」

しばらくは皆ぼんやり見とれていた。

石の上に立って足踏み洗濯をしていた娘が、ふと顔を上げて一行に気付き、「あ、好き者の親父たちだ！」と叫んだ。

女たちは洗濯を止め、きゃっきゃっと笑いながら川からいっせいに岸に向かって水をかけた。水はなかなか岸までは届かなかった。
二、三歩近づいてきて水をかける娘もいた。こちらを見ながら水を飛ばしている娘たちの輝く顔色は、今を盛りの花のようだった。
「どこの里の子かね」

旅人は川に近づき、跳ね散る水玉を受けながら尋ねた。

「近くのあばら屋に住んでいる漁師の子です」

年かさの娘が水を掛ける手を止めて答えた。後ろの娘たちもうなずいた。

「嘘だろう。美しい娘だ。仙人の子ではないのか」

旅人が言うと、娘たちは「京の好き者だ」と言いながら、また水をかけ始めた。

旅人が鞭を持った手をあげ、出発の合図をした。三人はすぐに馬を動かした。一行が振り返ると、娘たちは笑いながら、またこちらの方へ水を飛ばした。旅人たちは振り返り振り返り峠への入り口に向かって急いだ。


帥邸に戻るとすぐ、旅人は家人に疲れ休めに酒の支度をさせた。

「今日は御苦労だった」

酒の支度ができると、さっそく杯を満たして二人を慰労した。

「いやあ、楽しゅうございました」

司佑と明軍が口々に礼を言った。

「いま、夕餉《ゆうげ》の支度もしているらしい、充分に体を癒してくれ。我は忘れぬうちに松浦河の歌を書くので、みなにも後で歌を付け加えてもらおう」

言い終わると旅人は巻紙などを持って隣の部屋に行った。

二人は主人のいない部屋で遠慮なく酒をのみ、肴を摘まみ、今日の一日を思い出しながら酒を楽しんだ。

少し時間がかかったが、ちょうど夕餉の膳が運ばれたころ、巻紙の端を垂らしながら大伴卿が現れた。

「よし、これでいいだろう」

旅人は言いながら鮮やかに書き流した紙を、皆の前に広げた。

「序から読み始めるので、食事に移る前に、我の歌の後に各自一首ずつ詠み加えてくれ」

旅人は二人を眺めながら書いてきた巻紙を読み始めた。

松浦川《まつらがは》に遊ぶ序

吾はたまたま松浦の県《あがた》に往ってさすらい、いささか玉島の青く澄んだ川べりに遊覧したが、ゆくりなくも魚を釣る娘たちに逢った。その花のごとき容貌は並びなく、輝く姿は比べるものとてなかった。しなやかな眉は柳の葉が開いたごとく、あでやかな頬は桃の花を咲かせたようである。気品は雲をしのぐばかりで、艶やかさはこの世のものとも思えない。

吾は問うた。「どこの里のどなたのお子ですか。もしや仙女ではありませんか」と。娘たちは、微笑んでこう答えた。「私たちは漁夫の子で、あばらや住まいのとるに足りない者です。きまった里もなければ確かな家もございません。どうして名のるほどの者でございましょう。ただ生まれつき水に親しみ、また心は山を楽しんでおります。ある時には、洛水《らくすい》のような玉島の浦を目の前に、ただ美しい魚の身の上を羨んだり、ある時には、巫山《ふざん》の峡《きょう》のような山の麓に体を横たえて、空しく雲や霞を眺めたりしています。いま思いがけなく高貴なお方に出逢い、嬉しさを押さえきれずに心の底をうち明けるしだいです。今より後は、どうして共に老いるお約束を結ばないでおられましょうか」と。吾は答えて「はい、謹んで仰せに従いましょう」と言った。折しも、日は山の西に落ちかかり、黒馬は帰りを急いでいる。吾はついに心の内を述べ、歌に託して次のように言い贈った。

あさりする海人《あま》の子どもと人は言へど　見るに知らえぬ貴人《うまひと》の子と

(魚をとる海人の子どもだとあなた方はおっしゃるけれど、一目見て分りました。貴人のお子であるということが)

娘の答ふる詩《うた》に曰く

玉島のこの川上に家はあれど　君を恥《やさ》しみあらはさずありき
（玉島のこの川上に私たちの家はあるのですが、あなたに恥ずかしくて明しませんでした）

旅人が読み終えると、二人は杯を置いて拍手を続けた。

「さあ、今度は、汝らの歌だ。その場で立ちて詠うべし、我が書き加えよう」

旅人は筆を手に取って言った。

「いや、とても大伴卿の歌に並べるような歌など出来ません。せっかくの夢が覚めてしまいます」

司佑が酔いで体を左右にゆらしながら辞退した。

明軍もお許しを請うた。

「惜しいなあ。いい考えだと思ったのだが。筑前守なら即興的に書くぞ」

旅人は残念そうに巻紙をその場の床に転がして筆を持ち、二人に代わって架空の三首の歌を付け加えた。も一人の旅人なのである。

蓬客《ほうかく》らのさらに贈る三首

松浦川川の瀬光り　鮎釣ると立たせる妹《いも》が裳《も》の裾《すそ》濡れぬ

（玉島川の川の瀬はきらきら光り、鮎を釣ろうと立っておいでのあなたの衣の裾が美しく濡れております）

松浦なる玉島川に鮎釣ると　立たせる子らが家道《いへぢ》知らずも

（松浦の玉島川で鮎を釣ろうと立っておいでの、あなた方の家を訪れたいのですが、行く道が分らなくて残念です）

遠つ人松浦の川に　若鮎釣る妹《いも》が手本《たもと》を我こそまかめ

（遠くにいる人を待つという名の松浦川で、若鮎を釣るあなたの手を吾はぜひ枕にしたいものです）

「ついでに娘らがこの三首に答えた歌を書き加えよう」

旅人は調子が出てきたと見えて、いたずら顔で言いながら床で書き始めた。

娘らがさらに報ふる歌三首

若鮎釣る松浦の川の川なみの　並《なみ》にし思はば我れ恋ひめやも

（若鮎を釣る松浦川の川なみのように、並みの気持ちで思っているのでしたら私はこんな

にも恋い焦がれましょうか）

春されば我家《わぎへ》の里の川門《かはと》には　鮎子《あゆこ》さ走る君待ちがてに

（春になると、わが家の里の川の渡し場では若鮎がしきりに走っています。あなたを待ちかねて）

松浦川七瀬《ななせ》の淀《よど》は淀むとも　我は淀まず君をし待たむ

（松浦川のいくつもの瀬は淀もうとも、私は淀まずただあなたをお待ちしています）

娘になって歌を読み上げた大伴卿にのせられて、答えた若い女の心を想像したり、足踏み洗濯の美しさを思い出したりしながら、話が続いて慰労会は終わった。

旅人は二人を送り出しても、まだ松浦川の余韻が残っていて、別人の追和の歌を装って、また三首書き加えた。

後《のち》の人の追和《ついわ》する歌三首

松浦川川の瀬速み　紅《くれなゐ》の裳《も》の裾濡れて鮎か釣るらむ

（松浦川の川の流れが速いので、娘たちは紅花染めの衣の裾を濡らしながら鮎を釣っているだろうな）

人皆の見らむ松浦の玉島を　見ずてや我れは恋つつ居らむ

（誰もが見ているという松浦の玉島を、見ることもなく私は恋いつづけているのだろうか）

松浦川玉島の浦に若鮎釣る　妹《いも》らを見らむ人の羨《とも》しさ

（松浦川の玉島の浦で若鮎を釣る娘たちを見ている人たちが羨ましくてたまらない）

旅人は前の「梅花の宴の序と歌」に、この「松浦川に遊ぶ序と歌」と書簡を添えて、憶良の知人でもある吉田連宜《きちたのむらじよろし》へ送った。

吉田宜は神亀元年（七二四）医師の師範たるにふさわしいと認められ吉田連の姓を賜わり、天平二年（七三〇）には諸々の博士と共に医術を伝える指導者にもなった、朝廷の信頼厚い医師だった。

旅人は憶良にも「松浦川に遊ぶ序と歌」をすぐ披露したかった。だが、誘った巡行参加を断った相手でもあり、そのままにした。

ちょうど七月七日になって、旅人は昨年と同じように七夕の宴の計画をしたが、あいにくの雨で雲の残った八日にした。

客は昨年と同じ、沙弥と筑前守と司佑だった。宴の中で、司佑と明軍たちの松浦巡行の愉快だった話が出て、旅人は憶良に「松浦川に遊ぶ序と歌」を披露した。

だが、聞かされた「松浦川に遊ぶ序と歌」には、玉島川の乙女との戯《ざ》れ歌ばかりで、巡行視察に関するかけらも無く、松浦佐用姫の伝説も大伴佐提比古《おおともさでひこ》の故事も無かった。憶良はそれを残念に思い三日後、追和の歌として三首の歌をしたためて、資人の道麻呂に書簡と共に大伴卿へ届けさせた。

憶良、心から恐れ畏まり地に額ずき、謹んで申し上げます。

憶良が聞くところでは、「中国では諸侯をはじめ郡県の長官たる者は共に法令の定めに従って管内を巡行し、その風俗を観察する」ということであります。それにつけても、この我、心中に思うことはあれこれとございますが、それを口に出して申すことは至難のことであります。

それで、謹んで三首の拙い歌を詠み、これによって心中のわだかまりを払い除けたいと思います。その歌は次のとおりでございます。

松浦県《まつらがた》佐用姫の子が領布振《ひれふ》りし　山の名のみや聞きつつ居《を》らむ
(松浦県の佐用姫が領布を振った山の名だけを我は聞いていなければならぬのでしょうか)
足姫《たらしひめ》神の命《みこと》の魚釣《な》らすと　み立たしせりし石を誰れ見き
(足姫命が魚を釣ろうとお立ちになった石を　誰が見たのでしょうか)
百日《ももか》しも行かぬ松浦路　今日行きて明日は来なむを何か障《さや》れる
(百日もかかって行くわけでない松浦の道は、今日行って明日は帰って来られるのに、何の妨げがあるのでしょうか)

天平二年七月十一日

筑前国司山上憶良　謹上

あの物見遊山的な巡視の歌への反発もあって、我ならこんな素材を詠むという憶良の気持ちだったが、松浦巡視へお供しなかった己の心の狭さを少し恥じてもいた。

封書を受け取って読んだ旅人は、すぐ大伴佐提比古《おおとものさでひこ》と松浦佐用姫の歌三首と序をしたためて明軍に持たせた。

序と歌三首

大伴佐提比古は急に解決の朝命を受けて、任那《みまな》に使いすることになり、船出の用意をして松浦の港から軍船を出発させた。

愛人の松浦佐用姫は別れ易いことを嘆き、再び会い難きのことを嘆いた。そこで高い山の頂きに登り、遠ざかって行く船をはるかに見て、悲しさに肝が絶え、苦しさに魂も消える思いだった。とうとう領巾をはずして振り招いた。

傍に居た人で涙を流さないものはなかった。それでこの山を名付けて領巾振り山と言う。

そこで作った歌。

遠つ人松浦佐用姫　夫恋《つま》ひに領巾振りしより負へる山の名

（遠くにいる人を待つ松浦佐用姫が、夫恋ひしさに領巾を振ったので名付けられたのだ山の名は）

山の名を言ひ継げとかも　佐用姫がこの山の上《へ》に領巾を振りけむ
（山の名として後の代まで言い継げと、佐用姫はこの山の上で領巾を振ったのだろうか）
万代《よろずよ》に語り継げとし、この岳《たけ》に領巾振りけらし松浦佐用姫
（万代の後《のち》まで語り継げとて、この嶺《みね》で領巾を振ったらしい松浦佐用姫は）

受け取って読んだ憶良は、すぐさまあわてて佐用姫伝説を詠って返した大伴卿にこれでは済まぬと思い、使いを待たせるようにと、道麻呂に言った。

「大変な歌のやり取りのようだな」

少し待ってくれと言われた明軍が言った。

「争いになりましょうか」

内容を知らない道麻呂は、明軍に尋ねた。

「なあにすぐ納まる。仲が悪そうでも、互いに認め合っているのだ」

しばらくして憶良が封書を手渡した。

「あまり心配するな」と道麻呂に言って明軍は門を出た。

旅人が受け取った封書には、「最最後人の追和二首」と書いて、憶良の次の歌が並んでいた。

海原の沖行く船を帰れとか　領巾《ひれ》振らしけむ松浦佐用姫

（海原の沖を遠ざかって行く船に戻ってと、領巾を振られたのだろう、松浦佐用姫は）

行く船を振り留《とど》みかね　いかばかり恋《こほ》しくありけむ松浦佐用姫

（遠ざかる船に領巾を振っても留めきれず、どんなにか恋ひしかっただろう、松浦佐用姫は）

旅人は捨てがたい二首だと思った。

八　旅人の帰京

旅人の待ちに待った吉田宜《きちだのよろし》からの手紙が、部領使《ことりつかい》の帰郷に託して届いたのは、八月も半ば過ぎだった。

朝廷では毎年七月七日に諸国から力自慢の相撲人《すまいびと》を集めて群臣と共に相撲を観覧し、宴を催すのである。相撲人の上京や帰京にはその国の部領使が当たっていた。

旅人は受け取った書簡の封をそわそわと開いた。端正な文字が唐の故事などを交えて、縦横にきちんと並んでいる。

宜啓《よろしけい》す（宜が申し上げます）

忝《かたじけ》なくも、四月六日付のお手紙を拝受しました。謹んで文箱《ふばこ》を開き、すばらしい文章を拝読しました。心が晴れ晴れしたことは、まるで泰初《たいしょ》（古代魏の人）が日月を懐に入れたような気持ちそのままであり、下賤な私の気持ちが消え去ったことは、さながら楽広《がくこう》（古代晋の人）が雲を払って天を仰いだような感じとなりました。

『都を離れ軍都大宰府にさすらい、過去を懐かしんでは心を傷め、年月は去って帰らず、若き日を偲んでは落涙する』とお手紙には見えましたが、しかし、達人は世の移ろいにも安住し、君子は独りあっても憂えがないと申します。

伏してお願いしたいことは、朝には雉までが慕いよったとか、暮れには亀を放してやったとかいう故事のように、地方にあっても日夜仁政を施され、漢の長倣《ちょうしょう》や趙高漢《ちょうこうかん》のような立派な官吏としての業績を後世に長く残し、仙人赤松子《せんにんせきしょうし》や王子喬《おうしきょう》のように千年の長寿を保たれますことを。

なおまたお見せいただいた、梅苑のすばらしい宴席で、多くの歌人の方々が歌を詠まれ、松浦川のほとりでの、仙女との贈答の作は、孔子と弟子たちとが講壇で各々が述べた格言にも劣らず、曹植《そうしょく》（文選にある人物）が洛川で神女に逢った篇かと思うほどでした。むさぼり読んだり、吟じたりして、心から感謝し喜んでいる次第です。

宜があなたをお慕いする真心は、犬や馬の主人を慕う心にも優り、徳を仰ぐ心は向日葵《ひまわり》と同じです。しかし筑紫と奈良の間には、青海原が地を分かち、白雲が地を隔てています。むなしくもひたすらお慕いしているばかりで、どのようにしてこの苦しい胸中を慰めてよいか手立てもありません。今日は折から初秋七月七日の節句にあたります。伏してお願いすることは、日に日に多幸なられんことです。

いま、相撲部領使《すもうのことりづかい》に頼んで短いお手紙と歌をことづけます。

宜謹啓《きんけい》　不次

諸人《もろひと》の梅花の歌に和《こた》へ奉る一首

後《おく》れ居《ゐ》て長恋《ながこひ》せずは　み園生《そのふ》の梅の花にもならましものを

（お仲間に加われず長い恋をするくらいなら、み苑の梅の花にでもなったほうがましです）

松浦《しょうほ》の仙媛《せんえん》の歌に和《こた》ふる一首

君を待つ松浦《まつら》の浦の娘子《をとめ》らは　常世《とこよ》の国の海人娘子《あまをとめ》かも

（君を待つまつらの浦の娘たちは、常世の国の漁夫の娘でしょうか）

君を思ふこと未だ尽きず重ねて題《しる》す歌二首

はろはろに思ほゆるかも　白雲《しらくも》の千重《ちへ》に隔てる筑紫の国は

（はるか遠くに思えます。白雲が千重に隔てている筑紫の国は）

君が行き日長《け》くなりぬ　奈良路なる山斎《しま》の木立も神《かむ》さびにけり

（あなたがお行きになり日数も長くなりました。奈良道にある御邸《おやしき》の木立も伸び放題です）

天平二年七月十日

宜の言葉には少々くすぐったい気がしたが、旅人は嬉しかった。大げさな言い回しにも、誠実さが伝わっていた。朝廷で名医と言われている五十歳の宜が旅人の話に合わせ、歌まで詠んでくれるなど、お世辞混じりとわかっても気持ちがほぐれた。憶良ならこうは書くまいと思った。

先に出した房前《ふささき》への琴に寄せた手紙の返事はどこかそっけなかったが、二通併せて藤原政権へ反逆心のないものと受け取られているだろう。二人とも帝《みかど》の近くに居て信頼が厚いのである。だが、旅人はこのような手紙を出したことを、内心卑しくも思った。しかし、大伴一族の存亡の時である。何としても京へ戻らねばという気持ちが強かった。

九月の初め突然、京から議政官である大納言多治比真人池守《たじひのまひといけもり》の死が伝えられた。

十月には多治比氏に代わる議政官として旅人の召還が知らされた。正式辞令が筑紫に届いたのは十一月だった。しばらくは大宰帥兼任となるらしい。

翌三年の朝賀の儀式には出なければならぬので、筑紫出発は十二月初旬にした。帰京の喜びを誰と話せばいいのか、旅人は暮らしの中に郎女《いらつめ》のいない寂しさを思い、二首の歌を詠んだ。

帰るべく時はなりけり　京《みやこ》にて誰《た》が手本《たもと》をか我が枕かむ
（いよいよ帰れる時になった。京では誰の腕を私は枕にして寝ようというのか）
京《みやこ》なる荒れたる家にひとり寝ば　旅に勝《まさ》りて苦しかるべし
（京にある妻も居ない荒れた家に独り寝たならば旅にもまして苦しいだろう）

一部の従者たちは、十一月すぐに帰京させた。坂上郎女も家持もこの一行と共に海路で帰京した。

十一月中ごろから、大宰府では大伴卿との別れの宴が続いた。まず、政庁で大弐主催の別れの宴が開かれた。

次にまた、官人らが豊前路の蘆城駅家《あしきのうまや》まで行って送別会を開いた。訪れる近隣の国司たちを迎えての宴もあった。旅人は疲れていたが、酌み交わすうちに、人それぞれへの名残惜しさが湧いてきた。

十二月になり京への出発が間近になった日に、国司憶良は大伴卿を筑前国庁の書殿《しょでん》に招いて別れの宴をした。筑前守と共に、世話になった介《すけ》、掾《じょう》、目《さかん》らも出席して、別れを惜しんだ。

憶良は書殿《しょでん》で餞酒《せんしゅ》する日に、琴を弾きながら倭歌《やまとうた》四首を詠って餞別の歌にした。

天飛《あまと》ぶや鳥にもがもや　都まで送りまをして飛び帰るもの

（空を飛ぶ鳥ででもありたいものです。都まであなたお送り申して、飛んで帰ることができますのに）

ひともねのうらぶれ居るに　龍田山御馬《たつたやまみま》近づかば忘らしなむか

（人みながうちしおれているのに、龍田山に御馬がちかづくころには、皆のことなどお忘れになってしまうのではありますまいか）

言ひつつも後《のち》こそ知らめ　とのしくもさぶしけめやも君いまさずして

（寂しいなどと言いながらも、後になって本当に思い知らされるのでしょう、お別れの寂しさは。あなたがいらっしゃらなくなって）

万世《よろづよ》にいましたまひて　天《あめ》の下奏《したまう》したまはね朝廷《みかど》去らずて

（いつまでも長寿をお保ちになって、天下の政事《まつりごと》をお執《と》りください。朝廷を去られることなしに）

あからさまな詠いようだったが、旅人にはどこか憎めない憶良の気持ちが伝わっていた。憶良にしては心からの願いだった。憶良は宴の終わりに、も一度立ち上がり、宮中でやる踏歌を真似て、弱った足で床を踏み鳴らしながら、頬に涙をにじませて別れの歌を繰り返した。

大伴卿が書殿を出るころは、外は暗くなり、余明軍が迎えにきていた。国庁の介、掾、目も門の外まで出て見送った。憶良は付いて出ながら明軍に書状を持たせ、帥邸で渡してくれるように頼んだ。

旅人が疲れた体で一人寝間着に着かえ、灯火の下で書状を開くと、憶良らしい念の入れようで、思いを伝える歌が綴ってあった。

敢えて私懐《しかい》を布《の》ぶる歌三首

天離《あまざか》る鄙《ひな》に五年《いつとせ》住まひつつ　都のてぶり忘らえにけり

（遠い田舎に五年も住み続けて、私は都の風俗をすっかり忘れてしまいました）

かくのみや息づき居《を》らむ　あらたまの来経《きへ》行く年の限り知らずて

（私は、ここ筑紫でこんなにも溜息ばかりついているのでしょうか。来ては去っていく年の限りを知らずに）

我が主の御霊《みたま》賜ひて　春さらば奈良の都に召上《めさ》げたまはね

（あなた様のお心入れをお授け下さって、春になったら、奈良の都に召し上げてください）

天平二年十二月六日

筑前国司山上憶良　謹上

旅人が京へ出発する日、政庁の使用人たちは表通りに並んで見送った。馬に乗った官人たちは三々五々、夷守駅家《ひなもりのうまや》に集まって最後の別れをすることになっていた。憶良は政庁の官人たちから少し離れ、道麻呂に馬を歩かせて距離を空けながら駅家へ向かった。

その日、旅人が水城の門で馬を留め、名残惜しい大宰府政庁を顧みていたとき、卿を送る人々の中に遊行婦児島の姿を見つけた。娘子《おとめ》は、水城の木陰に居て、この別れのやすさを悲しみ、再会の難しさを嘆き、涙を拭いて自らの歌を詠った。

遊行婦児島の歌二首

おほならばかもかもせむを　畏《かしこ》みと振りたき袖を忍びてあるかも

（あなた様が普通の身分のお方ならば、別れを惜しんであれこれしたいのですが、畏れ多くて振りたい袖をこらえております）

大和路は雲隠《くもがく》りたり　しかれども我が振る袖をなめしと思ふな

（大和への道は雲の彼方に隠れるまで続いています。あなた様がその向こうへ行ってしまわれるのが堪えきれずに、振ってしまう袖を、どうか無礼だと思わないでください）

旅人は児島に二首の歌で和《こた》え、別れを惜しんだ。

大和路の吉備《きび》の児島を過ぎて行かば　筑紫の児島思ほえむかも

（大和へ行く道筋の、吉備国の児島を通り過ぎる時、筑紫娘子《おとめ》の児島のことが思われるだろうな）

ますらをと思へる我や　水茎の水城の上に涙拭はむ

（勇ましい男だと思っているこの我が、別れに堪えかねて水城の上で、涙を拭ったりしていいものか）

児島は旅人の姿が森蔭に見えなくなるまで立ち止まって後姿を見送った。

旅人が駅馬を乗り継ぎ、京に上る道筋のあちこちで風景を眺めながら想うのは、やはり筑紫に下ったとき一緒だった郎女のことだった。旅人は心の中で郎女への挽歌を詠みながら旅をした。

我妹子《わぎもこ》が見し鞆《とも》の浦《うら》のむろの木は　常世《とこよ》にあれど見し人ぞなき

（我が妻が行きに見た鞆の浦のむろの木は、今も変わらずにあるが、見た人はもうこの世にはいない）

鞆の浦の磯のむろの木見むごとに　相見し妹は忘らえめやも

（鞆の浦の海辺の岩の上に生えているむろの木を見るたびに、共に見た妻が忘れられるだろうか）

磯の上に根延《ねば》ふむろの木　見し人をいづらと問はば語り告げむか

（海辺の岩の上に根を張っているむろの木よ。共に見た人は何処だかときいたら語り聞かせてくれるだろうか）

妹と来し敏馬《みぬめ》の崎を帰るさに　ひとりし見れば涙ぐましも

（妻と来た敏馬の崎を帰りの道に一人で見ると涙がにじんでくる）

行くさにはふたり我が見しこの崎を　ひとり過ぐれば心悲しも

（行きがけには二人で見たこの敏馬の崎を　ひとりで通り過ぎると、心が悲しみでいっぱいだ）

旅人と明軍が奈良の佐保邸に到着すると、待っていた資人たちは安堵し、すぐさま、先に着いた家持たちが住んでいる坂上郎女宅へ使者を走らせた。

旅人の部屋は留守居の資人たちが掃き清めていて、昨日も居たごとくだった。だが、さすが庭などは手入れがゆき届かず、わずか二年余の間に寂《さび》れていた。少しずつ林泉を築いた相手がいないのが淋しかった。資人たちが気遣ってくれるが、旅人はすっかり草臥《くたび》れてひとり横になった。

故郷の家に還り入りて、即ち作る歌三首

人もなき空しき家は　草枕旅にまさりて苦しかりけり

（人気もないがらんとした家は、旅の辛さにまして、苦しい気分だ）

妹《いも》としてふたり作りし我が山斎《しま》は　木高《こだか》く茂くなりにけるかも

（妻と二人で丹精込めて作った我が家の築山は、立木もすっかり高く生い茂ってしまったなあ）

我妹子《わぎもこ》が植ゑし梅の木見るごとに　心むせつつ涙し流る

（我が妻が植えた梅の木を眺めるたびに、胸が詰まって涙が流れる）

ともかく旅人は迫った新年に向けて、木工《もく》、庭師たちに家の手入れをさせた後、坂上郎女と家持たちを住まわせた。郎女は喜びに溢れて正月行事の品々を運び込んだ。

明けて天平三年（七三一）正月の叙位で、正三位大伴宿禰旅人は従二位を授けられ、薨去《こうきょ》した大納言多治比真人池守の後を継いで議政官になった。

国政の最高機関である議政官の構成は、今回も大臣を置かず、親王の他は次の少ない四人の議政官で国の合議が行われることになった。

知太政官事新田部親王
大納言従二位大伴宿禰旅人

大納言正三位藤原朝臣武智麻呂
中納言従三位阿部朝臣広庭
参議（内臣）正三位藤原房前

長屋王事件の折、急遽選任した権参議《ごんのさんぎ》三人は長屋王を裁き、光明皇后を成立させるために任じた、数合わせの議政官だったので、落着後に役を解かれていた。

旅人は議政官の中にはいったものの、藤原夫人が皇后に納まっており、藤原武智麻呂を中心にした官僚の結束は固かった。琴を贈った房前さえ、旅人を避ける風に見えた。

「これまでの慣習では、議政官は各豪族の氏の上《かみ》から補充されたものですが」

議政官不足を補ってはどうかという意見が出たとき、旅人は奏上した。見守り役の新田部親王は返事をしなかった。

「今や新たな天皇制律令国家です」

旅人より十五歳下の、今を盛りといった武智麻呂が嘲笑するような顔で言った。

「それは分かっている。少ない議政官を増やす案の一つを言っているのです」

旅人は武智麻呂を正面から見据えて言った。長屋王政権から地位を保っている中納言の阿部広庭は終始黙っていた。

京に帰って一月後に満誓からの便りを受け取った。旅人は繰り返し文を読み返した。

沙弥満誓《さみまんせい》、卿に贈る歌二首

まそ鏡見飽かぬ君に後れてや　朝夕《あしたゆうへ》にさびつつ居らむ

（いくらお逢いしても見飽きない君に、先に京に行かれて、朝夕心寂しく思っています）

ぬばたまの黒髪変り白髪《しらけ》ても　痛き恋には逢ふ時ありけり

（黒髪が変わって白髪になっても、激しい恋には逢う時があります）

満誓の「痛き恋には逢うことありけり」という詠い方に、旅人は満誓の情けを思った。遠い筑紫に心の通じる友人がいるのだという思いが侘しさを慰めてくれた。旅人は普段なら翌日にでも書く文をすぐ机に向かってしたためた。

大納言大伴卿が和《こた》ふる歌二首

ここにありて筑紫やいづち　白雲のたなびく山の方《かた》にあるらし

（この奈良から見て筑紫はどの方向になるだろう。白雲のたなびく山の彼方にあるらしい）

草香江の入り江にあさる葦鶴《あしだづ》の　あなたづたづし友なしにして

（草香江の入り江に餌をあさる葦鶴のように、なんとも心細く落ち着かない。ここには友もいなくて）

続いて古い百済系の葛井連《ふじいのむらじ》から便りが来た。

太宰帥大伴卿の京に上りし後に、筑後守葛井連大成《ふじいのむらじおおなり》が悲嘆して作る歌一首

今よりは城山《きやま》の道はさぶしけむ　我が通はむと思ひしものを

（これから先、大宰府へ行く城山の道は寂しいことでしょう。いつもお目にかかるのを楽しみにしていましたのに）

後にぽつぽつと便りは来たが、言うべきことは言ったと思ったのか、あるいは憶良も病がちなのか、筑前守からの手紙は無かった。

やがて、旅の疲れも重なってか、旅人は出仕を休むことが多くなった。病床では、幼い頃過ごした母巨勢郎女《こせのいらつめ》の里、飛鳥の栗栖《くるす》の小野をしきりに恋しがった。飛鳥は旅人が生まれて三十歳になるまで過ごした土地だった。

旅人の病を心配して、友人の医師吉田宜が駆けつけてくれた。朝廷からも医師を遣わされた。医師内礼正《ないらいのかみ》（内礼司の長官）の県犬養宿禰人上《あがたのいぬかいのすくねひとかみ》が丁寧に診察をして薬を渡したが、病状はなかなか収まらなかった。

旅人は病床で筑紫の歌人たちを懐かしく思いつつも、いずれはゆっくり訪れたい来栖の里を偲びながら過ごしていた。

ひと月後、少し調子がよくなった昼間、明軍に上半身を起こしてもらい、布団の上に机を運ばせて歌を書き残した。

天平三年辛未《かのとひつじ》に大納言大伴卿、寧楽《なら》の家に在り、故郷を思ふ歌二首

しましくも行きて見てしか　神《かむ》なびの渕《ふち》はあせにて瀬《せ》にかなるらむ

（ほんの少しの間《あいだ》だけでも行って見たいものだ。神なびの川の渕は浅くなってしまって、

瀬になっているのではなかろうか）

さすすみの栗栖《くるす》の小野の萩の花　散らむ時にし行きて手向けむ

（栗栖の小野の萩の花が散る頃には、出かけて行って神に幣を捧げてお参りしよう）

その数日後、旅人は坂上郎女、家持、書持《ふみもち》らに手を取られながら、天平三年（七三一）七月二十五日に奈良の佐保邸で長い眠りについた。享年六十七歳だった。

最後まで病を看取った朝廷の医師内礼正が悲しんで歌をささげた。

見れど飽かずいましし君が　黄葉《もみちば》のうつりい行けば悲しくもあるか

（何度お会いしても見飽きることなくご立派でいらした君が、黄葉《もみちば》の散りゆくように亡くなってしまわれたので、悲しくてならない）

おそらく一番悲しみを抱えたのは、長年仕えた資人の余明軍だったに違いない。山にいても川にいても、寒い時も暑い時も、旅人あるところに明軍がいて世話をした。明軍は心の思いを六首の歌にして捧げた。

天平三年辛未《かのとひつじ》の秋の七月に、大納言大伴卿の薨《こう》ぜし時、資人余明軍《よのみょうぐん》、犬馬《けんば》の慕《したひ》に勝《あ》へずして、心の中《うち》に感緒《おも》ひて作る歌六首

はしきやし栄し君のいましせば　昨日も今日も我を召さましを

(ああ、お慕わしい。お栄え遊ばした我が君が、この世においでになったなら、昨日も今日も私をお召し下さるだろうに)

かくのみにありけるものを　萩の花咲きてありやと問ひし君はも

(こんなにはかなくなられるお命であったのに、「萩の花は咲いているか」と私にお尋ねになった君よ)

君に恋ひいたもすべなみ　葦鶴《あしたづ》の哭《ね》のみし泣かゆ朝夕《あさよひ》にして

(君をお慕いするあまり、まったく何も手につかず、葦辺に鳴く鶴のように声をあげて泣いています。　朝にも夕べにも)

遠長《とほなが》く仕へむものと思へりし　君しまさねば心どもなし

(末永くお仕えしようと思っていた君がこの世においでにならないので、心の張りを無く

してしまいました）
みどり子の匍《は》ひた廻《もとほ》り　朝夕《あさよい》に哭《ね》のみそ我が泣く君なしにして
（赤子のように這い回って悲しみ、朝も夕べも私は声をあげて泣いてばかりいます）

朝廷から与えられた舎人、資人などは主人亡きあと、一年間喪に服し、喪が明けて家を離れる決りになっていた。
天平四年（七三二）七月大伴卿の一周忌を終えると、佐保の旅人に仕えていた大伴宿禰三依《みより》が暇ごいをして家を去った。

大伴宿禰三依が悲別の歌一首
天地《あめつち》とともに久しく住まはむと　思ひてありし家の庭はも
（天地の続くかぎりいつまでもお仕えしようと思っていた家の庭だったのに）
余明軍も朝廷の指示で転属になった。明軍は転職先から家持公に別れの歌を二首送った。

見まつりていまだ時だに変らねば　年月《としつき》のごと思ほゆる君

（お世話させていただいて、いまだどれほども経っていないのに、長い年月お逢いしていないように思われる家持公です）

あしひきの山に生ひたる菅《すが》の根の　ねもころ身まく欲しき君はも

（山に生えている長い菅の根のように、ねんごろにいつまでもお世話をしたいと思う我が君です）

旅人が没した天平三年七月の翌月、舎人親王が政庁の各部署から主典《さかん》（四等官）以上の官人を内裏に呼び集めて国の大事を告げ、勅を読みあげた。

「政事《まつりごと》をつかさどる公卿らが死亡したり、病んだりして、政務がとれなくなっている。各人の知る政務処理能力のある人を推薦せよ」

政庁始まって以来の入札推選だったろう。

二日後、主典《さかん》以上三百九十六人が朝堂に集まり、推挙する人物の名を書いてさし出した。

四日後の十一日に詔があった。

ほとんどの官人は自分の上役に入れたらしく、票の多かったのは式部省の藤原宇合《うまかい》卿（不比等三男）民部省の多治比県守卿（池守弟）兵部省の藤原麻呂卿（不比等四男）大蔵省の鈴鹿王《すずかおう》卿（長屋王弟）だった。他に左大弁の葛城王《かずらきおう》（光明皇后生母の子）右代弁大伴道足《みちたり》（旅人親族）の名前が出て、六名が参議として新たに議政官に加わった。計画的か偶然か、議政官には藤原四兄弟が皆入る構成になった。

九　憶良解任

大伴卿が平城京へ転任された後の大宰府は、急に寂しくなった。師走の政庁にはいつものように多くの官人が出入りしていたが、なぜかひっそりしている。

政庁近くにある観世音寺の別当満誓《べっとうまんせい》は、正月も半ばを過ぎた日の午後、昼間は少し暖かくなったので、次田《すきた》の温泉《ゆ》に行く支度をしたついでに、筑前国庁を訪ねてみた。

国庁は大宰府政庁の南西にあり、古びた国司館《こくしのたち》が国庁のそばに建っていた。木々の向こうには介館《すけのたち》など、幾つかの官舎が並んでいる。

折よく筑前守が館の近くにある樗《おうち》の木の根元にしゃがみ込んでいた。

「何をなさっているのです」

満誓は近づきながら声をかけた。

「おお、沙弥《さみ》がおいでとは。毎日、奴婢たちが庭を丁寧に掃いているのに、冬にはすっかり落ちたはずの樗の実があったので、不思議に思い、拾ったところです」

「秋ごろは枝いっぱいの茎に下がっていた黄色い実も冬には落ちてしまうが、一つや二つは萎びて、春頃まで残っているものですよ。それがとうとう枝を離れたのでしょう」

二人は、すっかり葉も実も落ちてしまった樗の木が、水色の空に無骨な枝を伸ばしている姿をしばらく見あげていた。

先ほどまで憶良は独りで空を眺めながら、春には京から何か報せがあるだろうと思っていたところだった。

「大伴卿が上京されてからは、恋人を無くしたように、すっかり気力がなくなった」

満誓が言った。

「我も仕事は忙しいのに、どこか張り合いがありません。おまけに背中や腰の痛みが続き、弱っています」

「筑前守の体の痛みを聞いていたので、次田の温泉に行く前に立ち寄ってみたのです。病に良いらしいですぞ」

「聞いてはいるが、湯に入る習慣がなく、ほとんど体を拭うだけです」

「病に良いと言うのに、一度も行ったことがないとは。いろいろ試してみる筑前守らしくもない。どうです、陽も高いので、これからぶらりと出かけませんか」

満誓は布に包んで下げた湯の道具を見せた。

「それじゃ、試してみよう。おい、道麻呂《みちまろ》、いまから次田の温泉に行く。支度を頼んでくれ。それに馬二頭の準備を」

憶良は気持ちを切り替え、館の裏のほうに声をかけた。

しばらくすると、資人の道麻呂が馬を引きながら現われて、笑顔で沙弥に挨拶をした。

「もう一頭はすぐ参ります。湯の支度は大小のさらしに替えの下着でよかろうと、女たちが準備中です」

話しているうちに、もう一人の資人が馬を引いてきた。片手には木綿の袖無を二人分さげている。

道麻呂は、入り口に近い椎の木の根もとにある平らな石の横に馬を停めて「お立ち下さい」と言った。憶良は黙って袖無を着せてもらい、椎の枝に摑まりながら石に上がった。

「このごろは、こうして馬に乗るのです」

憶良は満誓に言った。

満誓も袖無を着せてもらい、同じ石に立って次の馬に跨った。馬上の二人は資人に馬の口を取らせ、温泉に向かった。

「この時間なら、ゆっくり体を温められます」

満誓が言った。

次田の温泉は、天判山《てんぱんざん》の麓に湧き出ており、芦の原を流れる鷺田川《さぎたがわ》の両岸に湯気を立てていた。川の右側には二十人ほど入れそうな百姓たちの混浴露天風呂があり、何人かの年寄りが体を洗っている。湯に近づくにつれて、鉱石を砕いたような匂いがしてきた。

「どうです。体に良さそうでしょう。政庁用の湯は川の左、天判山側のあれです」

「何度か通ったが、入る気はしなかった」

「大伴卿はこの湯をとても気に入っておいでだったので、よくお供しました。湯船は新しい板葺き小屋の陰で見えないが、広くなっています」

「ここらは筑前国領だが、湯船の改築届けは無かったな」

憶良は言った。

「大宰府政庁の予算で勝手にやったのでしょう」満誓は笑った。

小屋の床には緑の孟宗竹が敷き詰められており、左の壁に脱いだ物を置く棚がこしらえてあった。

「壁の隅に転がっている丸太は何だろう」

「湯から上がってはときどき横になって休む。枕代わりです。体の養生には数回に分けて入ると良いらしい。右の低い引き戸を出るとすぐ湯船ですから、寒くはありません」

満誓が何かと教えてくれた。

小屋の下近くまで湯船があるらしく、小屋の中も暖かだった。

さらしの袋を持ってきた道麻呂に「二人とも湯を使っていいぞ」と、憶良が言った。

「えっ、いいのですか。では、向こうの湯に入ってきます」といって二人は駆け出した。

政庁の湯船には誰も居なくて、湯だけが囲った石の低い所から鷺田川に溢れ出していた。憶良と満誓は丸い石の縁に頭を持たせかけ、広々とした湯に手足を伸ばした。

「湯加減もいいし、大野山も基山も見える。空の下というのが良いな」

あれほど嫌がっていた憶良がすぐ気に入って、満誓に言った。

「だろう」

憶良が気に入ったことに、満誓は満足した。

「大伴卿も葦原の鶴の声を聞いて、郎女刀自《いらつめとじ》を思い出し、歌を詠まれたことがある。確か、**湯の原に鳴く葦鶴《あしたづ》は我《あ》がごとく妹《いも》に恋ふれや時わかず鳴く**、というのだった。筑前守もやがて歌の一首も詠みたくなりますよ」

「そうだといいが。我は何の罪なのか、これまで何人かの医師に診てもらい、占い師や祈禱師の門もくぐったが、いっこう全身の痛みは収まらぬ。実に恥ずかしい」

憶良は筋の浮き出ている痩せた腿を両手で撫でながら深いため息をついた。

「病に罪など関係ないでしょう。誰でも病になる人はなるし、やがて皆、死を迎えます」

「それは分かっている。だが仏典の寿延経には人間界に住む者、寿命百二十歳とある。しかしそのほとんどが生半ばに達せず、夭折《ようせつ》する。天寿を充たすか充たさぬかは、生前における善悪の行為なのだ」

「それを信じているのですか。百二十まで生きた人などまれでしょう」

「それはみな生前に何か罪を犯しているということだ。人は己を恃《たの》み、善と思って悪を為しているのに気づかぬ。我もそうらしい」

「筑前守は諸仏典の読み過ぎです。出過ぎたことを言うようですが、これはという仏典を深く信じればいいのです」

「だが、士たるものは苦や死を前にしても最後まで考え抜いて、抗すべきだと思う」

「それでは、心が楽になりますまい。矛盾しています。ああ、少し湯に長く入り過ぎた。小屋で横になりましょう」

満誓は先にあがると、床の竹にさらしを二つ折りにして広げ、短い丸太を枕に横になった。あとから上がった憶良も、同じように少し離れて布を敷いた。

「竹の凹凸が横に並んで当たるように寝ると、初め背中が少し痛いが、やがて心地良くなります」

「なるほど、少し我慢すれば良い心地だ」

「馴れると癖になります」

満誓は、憶良の悔い改めの話など忘れて、くったくのない顔をしていた。


次田の温泉で満誓と湯浴みした次の日には、憶良の背中や脚腰の痛みが少し軽くなったような気がした。それからは、ときどき仕事の終わった昼過ぎなど道麻呂の引く馬に乗って、次田に通うようになった。

他に誰も湯にいない時は、道麻呂も政庁の湯に入った。憶良が床に横になると、布を掛けた腰や足に手を当てて、軽く押したり、さすったりしてくれた。

「我が筑紫を去る日も近々だろうが。道麻呂はどうする」

ある日、憶良が尋ねた。

「京に行きたいなら連れて行くし、政庁の資人がよければ、大弐に話してみよう。今なら何とかしてやれるかも知れぬ」

「有難うございます。しかし……」

道麻呂は間を置いて、恐る恐る答えた。

「吾は、できることなら筑後に帰って、死んだ父みたいな船頭になりとうございます」

「船頭か、なるほど。気付かなかった」

憶良は意外だったが、しばらく考えた。

「危険な生業《なりわい》だが、それもいいかも知れぬ。あの大きな筑後川を上り下りするのか。力のいる仕事だな」

「はい、やがて父のように、多くの荷を運ぶ船の船柁《かじとり》になります」

「そうか。資人になるより良いかもしれぬ。だが、筑後には今、住む小屋も仕事もあるまい。我が何とか筑後守と相談して、住まいや乗る船を探してやろう」

憶良はうなずいた。

やがてそれは夏になって実現した。筑後守が若者の働ける船や住まいを手配したと知らせてくれたのだ。最初は船主の手伝いをしながら見習いをするらしい。

憶良はちょうど七月の十五日に志賀島の先祖祀りの様子を見に行く予定だったので、名残惜しくもある道麻呂の最後の勤めとして供をさせることにした。

「恐らくその日は、全部の船が休むだろう。那の津に行って、船を一艘準備してくれるように頼んできなさい」

憶良は簡単な書状を渡しながら言った。

七月十五日の夕方、憶良が道麻呂に薄紫の桔梗（当時はアサガオと呼んだ）の束を持たせて那の津に着くと、波止にずらりと並んだ船の手前の杭に小舟を繋いだ若者が一人待っていた。

「荒雄《あらお》のためにお越し下さるのですか」

若者は尋ねた。

「うむ、数年前に国庁の書類で、島の船頭の荒雄が対馬へ公《おおやけ》の米を運ぶ途中で遭難した出来事を知り、気になっていたので、先祖祀りの日だし、ちょっと島を訪れたいのだ」

「左様でございますか。有難うございます」

若者は頭を下げると、船の縁をしっかり押えて二人を坐らせ、船尾に立ち、竹竿で波止の石積みを押した。

船はゆっくり舳先を外の方へ向けた。

「島まではどれくらいかかる」憶良は尋ねた。

「半時（今の一時間）はかかりますまい」若者は櫓を丁寧に漕ぎながら答えた。

辺りはまだ薄明るく、向こうの島影もはっきり見えている。少しずつ薄墨色に変わっていく東の空に白い満月が低く浮いていた。

「船の遭難というのは、いつ頃のことなのですか」

少し離れて向かい合う形に坐った道麻呂が訊ねた。

「確か我が赴任してきた一年か二年前の記録だったかな」

「荒雄という人は、対馬へ米を運ぶ役目の船頭だったのでしょうか」

やがて己も船を漕ぐのだとおもってか、道麻呂は続けて尋ねた。

「いや、その役目も出来る船頭だったのだろう」と言うと、憶良は記録に在った事件の話を始めた。

「大宰府政庁は、米のあまり採れない対馬に派遣された官人や防人たちの為に、毎年九州北部六国（筑前・筑後・肥前・肥後・豊前・豊後）に二千石の食糧を送ることを命じていたが、筑前国では宗像郡《むなかたのこおり》と糟屋郡《かすやのこおり》が交代で受け持っていたのだ。その年は宗像の当番で、食糧を送る船の船頭に宗像部津麻呂《むなかたべのつまろ》が指名された。その折、津麻呂は、糟屋郡志賀村の海人《あま》荒雄の許へ相談に行ったらしい」

熱心に聞き入る道麻呂を見詰めながら、憶良は一息入れて懐から布切れを出し、鼻をかんだ。

「津麻呂が『吾はちょっと頼みごとを持ってやってきた。聞き入れてはもらえまえか』というと、荒雄は答えて言った。『吾は汝と郡《こおり》も違うよそ者だが、長年船の上で同じように働いてきた。思いは兄弟以上、例え死ぬようなことがあっても、たっての頼みとあらば、どうして断られようか』と。津麻呂はそこで荒雄に頼んだ。『大宰府のお役人が、今年は吾を指名して対馬送糧船《そうりょうせん》の船頭に任じた。だが、我は老いて体も弱り運送が務まらない。そこで、こうしてやってきたのだ。どうか吾と交代してはもらえまいか』と。

荒雄は願いを聞いて、その事に従い、肥前国松浦県《まつらのあがた》の美禰良久《みねらく》の岬まで船を漕ぎ出し、一路対馬を日指して海を渡ろうとした。ところが漕ぎ出すと間もなく空がにわかに掻き曇り、雨交じりの暴風で海が荒れ、荷を積んだ船はたちまち沈没してしまった。その後、志賀の海人たちが出かけて何日も海中を探したが荒雄は見つからなかったらしい」

若者の漕ぐ櫓の音が静かに響く中で、憶良は我が子に聞かせるように話した。

「荒雄は交替しなければ良かったのですね」

道麻呂は言いながらも、何か割り切れない表情で憶良を見た。

「出発の日さえ違っておれば、死なずに済んだのだろうが」

「これも巡りなのですよ」漕いでいた若者が言った。

志賀島を西に回って先端近くの波止に着くと、集落の長《おさ》が松明《たいまつ》を持った男と待っていた。

「内々の…と言っておいたのだが」憶良は挨拶を受けて言った。

「はい、なので一人で参りました。大浦あたりはよくご存知じゃないと思いまして」

「そうか、有難う。じゃあ、案内を頼もう」とうなづき、「船はしばらくそのままで待っていてくれ、長くはかからぬ」

振り返って若者に声をかけた。

波止のすぐ前の繁茂した大きな木の下の石段を少し上がると、その先に砂濱がひろがっており、浜ではあちこちに数人が集まって小さな火を燃やし、ご先祖を迎えていた。

近づくと、砂濱に広げた蓮の葉の上には小さく盛ったご飯や野菜の煮物、胡瓜や茄子などが供えてあった。そばの砂の上にいろんな花や榊《さかき》を並べたり、砂深く押し込んだ竹筒に差したりしたのが見えた。

憶良たちは少し離れた後ろから、彼等と同じように静かに打ち寄せる波を眺めながら歩いた。

「あそこです。あれが荒雄の家族で、妻と二人の子です」

五つほど先の迎え火を指さして、長が言った。

二人の子は男女共もう大人のような体つきで、老いた母の両脇で手を合わせていた。

「荒雄のために、お役所から筑前守がお出でだ」長が近づいて荒雄の妻に声をかけた。

振り返った荒雄の妻は、二人の子と進み出てひれ伏した。

「顔を上げなさい」と言いながら憶良もそば近くに寄った。

「残された子も立派に育ち、元気なのを見て、荒雄の魂も喜んでいるにちがいない」

憶良は労わった。

憶良は桔梗を竹筒に添えさせると、下げてきた袋から小箱を取り出し、中の小さな壺を摘まんで掌に置いた。

「これは我が父が亡くなった折、帝《みかど》から頂いたお香だ。公の仕事のために散じた荒雄の為に焚いて、我も祈ろう」

憶良は言いながら迎え火の上に一摘まみを散らして、立ったまま手を合わせた。長たちも皆一緒に祈った。言いようのない不思議な香りが辺り一帯に広がっていった。

不思議な香りに近寄ってきた人々も、後ろから手を合わせた。

その時、浜辺の明かり代わりに大きな木切れや板切れを燃やしている辺りから、コンコン、コンコンコンと調子よく木を叩く音が始まった。

火の周りでは、数人の男女が集まって何か唄い始めた。やがて両手で櫓を漕ぐような仕草をしながら歌に合わせて焚火の周りを動き出した。何人かが加わって口説く声が聞こえてきた。

「荒雄らを、帰り来じかと浜へ出て、待ちておれども、いまだ来まさず」

「荒雄らを、帰り来じかと門に出て、待ちておれども、いまだ来まさず」

憶良がゆっくり焚火の方に近づいて耳を澄ますと、そんな言葉が繰り返されていた。

流木の前に並んだ男たちが、合間合間にトントントンと木を叩いて調子を取っている。

「三回忌あたりから、あのような口説き言葉が始まったようです」付いて来た長が説明した。

憶良はいろいろ即興的に繰り返される口説きに、しばらく耳を傾けていたが、やがても一度、荒雄の迎え火に手を合わせて、家族に声をかけると波止へ向かった。長は岸までついてきた。憶良に気づくと、船の若者はすぐ立ち上がり、二人が坐ったのを確かめて船を漕ぎ始めた。岸にはいつまでも灯を掲げた集落の長が立っていた。

志賀島から帰って数日後、憶良は島で聞いた口説きを思い出しながら、海人の歌十首をまとめた。

筑前国志賀の白水郎《あま》（唐の南部での呼称）の歌十首

大君の遣《つか》はさなくに　さかしらに行きし荒雄ら沖に袖振る

（大君が遣わされてもいないのに、自ら進んで行った荒雄が沖で別れの袖を振っている）

荒雄らを来《こ》むか来《こ》じかと飯《いひ》盛りて　門に出で立ち待てど来まさず

（荒雄が帰ってくるかまだかとご飯を盛って、門に出て立ち待っているけど帰っておいでじゃない）

志賀の山いたくな伐りそ　荒雄らが所縁《よすが》の山と見つつ思《しの》はむ

（志賀の山の木をひどく伐らないでくれ、荒雄のゆかりの山として見ながら偲《しの》ぼう）

荒雄らが行きにし日より　志賀の白水郎《あま》の大浦田沼《おほうらたぬ》はさぶしくもあるか

（荒雄が出かけて行ったその日から、志賀の海人の住む大浦田沼は寂しくてならない）

官《つかさ》こそさしても遣らめ　さかしらに行きし荒雄ら波に袖振る

（役所なら指名して行かせよう。命じられてもいなかったのに行った荒雄が波間で袖を振

っている)

荒雄らは妻子《めこ》の業《なり》をば思はずろ　年《とし》の八歳《やとせ》を待てど来まさず

(荒雄は妻や子の暮らしを考えなかったのか。長い年月を待っているけどお帰りじゃない)

沖つ鳥鴨といふ船の還り来《こ》ば　也良《やら》の崎守《さきもり》早く告げこそ

(沖の鳥の鴨という名の荒雄の船が帰ってきたら、也良の防人よ、早く知らせてくれ)

沖つ鳥鴨とふ船は也良の崎　廻《た》みてこぎ来《く》と聞こえ来ぬかも

(沖の鳥の鴨という名の船が也良の崎を、廻って漕いで来たと知らせが来ないかなあ)

沖行くや赤ら小船《おぶね》に苞《つと》遣らば　けだし人見て開き見むかも

(沖を行く赤色の官船に届け物をやったら、もしや荒雄が見て開けて見はしないだろうか)

大船に小船引き添《そ》え潜《かづ》くとも　志賀の荒雄に潜き逢はめやも

(大船に小船を添えて潜り探しても、志賀の荒雄に海底で見つけられようか)

憶良は「白水郎《あま》の歌」を志賀の里長にも届けさせると、さっそく道麻呂に荷物をまとめて故郷へ帰る準備をさせた。

数日後、道麻呂は筑後に帰ることになった。

「体慣らしだ。我が馬で峠近くまで送ろう」

憶良が言った。

「そのお体では、往きは吾が手綱を持ったにしても、お帰りが心配です」

「いや、今日は我が手綱を持ってみよう」

言いながら憶良は石の上から馬にまたがった。その間に、道麻呂は資人の一人に、離れて峠近くまでついて来てくれるように頼んだ。

道麻呂はまとめた荷物を袈裟がけに体に括りつけ、馬の後ろにまたがると、憶良の温かい腰にしっかり摑まった。

馬は慣れた道を静かに歩き始めた。国庁の資人や奴婢たちは、道麻呂が小さく見えなくなるまで見送った。


天平三年の春も、待った憶良には何の知らせもなかった。旅人は正三位から従二位を授かり、議政官の筆頭になっていた。だが大伴卿は古い氏族代表として、飾りのような存在だったのだろう。憶良には何の便りもなかった。

その年の六月半ば、肥後国から京に向かう部領使《ことりつかい》が相撲人を連れて大宰府政庁に立ち寄った。

平城京での七夕の節会の宴に参加するためである。政庁では大典《だいてん》の麻田連《あさだのむらじ》が挨拶を受けて休息をさせ、旅の無事を祈って見送った。

八月に相撲の節会を終えて帰る途中にも立ち寄ったので、大典が対応した。京での報告を受けて苦労をねぎらう話の中で、肥後国の益城郡《ましきのこおり》出身の相撲使従者大伴君熊凝《おおとものきみくまごり》は十八歳の若者だったが、京に到着する前に安芸国で病になり、息を引き取ったことが伝えられた。駅家近くの野の隅に葬ったそうである。若者は故郷に残してきた両親の嘆きを深く気にしながら死んでいったということだった。

麻田連は行きには元気だった若者の命の儚《はかな》さを思い、熊凝の歌二首を作って、親しい憶良に示した。筑前守なら共感してくれると思った。

大伴君熊凝が歌二首　大典麻田陽春《あさだのやす》作

国遠き道の長手《ながて》をおほほしく　今日や過ぎなむ言問《ことど》ひもなく

（故郷を遠く離れた長い旅の途中で、心晴れず今日私は命を終えるのだろうか。父や母と言葉を交わすことなく）

朝露の消易《けやす》き我が身　他国《ひとくに》に過ぎかてぬかも親の目を欲《ほ》り

（朝露のように消えやすい吾が命だが、他国では死にきれないなあ。一目親に逢いたくて）

憶良は大典が詠った歌を読み、その若者がどんな思いで相撲使に加わり、将来は何を夢見ていたかを考えて憐れんで、後日、追和の歌を大典陽春に届けた。

相撲使が帰郷した八月に、後を追うようにして京から「七月二十五日大伴卿薨去」の報せが届いた。

憶良は上京の頼りにもしていた大伴卿の死を悼み、上司であり、考えは違ったが親しかった大伴卿の死を哀しみ惜しむ気持ちで三日の間、喪のため部屋に籠った。

しかし、憶良は、親しく尊敬もしていた大伴卿への挽歌はなかなかまとまらなかった。何度書き直しても、どこか空々しく、自身が納得できないままで筆を置いてしまったのだろうか、残っていない。

憶良が筑前守を解任されたのは、翌天平四年の春だった。

憶良は政庁や国庁の人々に見送られて従者と共に上京した。平城京に着くとすぐ、数人の資人と奴婢たちに指図して古い我が家を住めるようにし、諸整理が一段落後すると、疲れで数日は寝床を離れることが出来なかった。

ひと月ぐらい経ってやっと落ち着き、官を退いた散位《さんい》の気楽な気持ちで、ぼつぼつと詩文をまとめながら過ごした。

母親の里で暮らしているはずの下級官人の長男に逢いたい気持ちは強かったが、一人では身動きできない体になっている身では、残っている資人に世話をしてもらう方が気楽だと思った。帰京は知っているはずだった。

今まで身近で用をしてくれた道麻呂が居なくなり、憶良は味気なく、ぼんやり昔のあれこれを思う日が多くなった。

まだ写経生のころ、近江の集落で、農民の娘と馴染んで生まれた男の児を三歳そこそこで亡くしたことなどをいつも思い出すようになった。可愛い児だった。

憶良が唐に渡って三年後、わくわくしながら集落を尋ねると、児の母である若い娘も亡くなっていた。遣唐使の船が出発した二年後に、折からの飢饉で母を亡くし、一人で畑を耕して暮らしていたが、いつの間にか姿を見せず、瀬田川の淀みに浮いていたと、戸主《へぬし》から知らされた。若いが辛抱強く、憶良よりしっかりしていた娘だった。あの娘が、自分で死を選ぶなどとは思えない。

憶良は長い間深い悔悟に怯えた。

だが身勝手なもので、その後、朝廷に仕え、忙しく仕事を続けているうちに、若い娘のことも、失った幼いわが児のこともしだいに心の片隅に小さくなり、何かの折に慕わしく思い出すだけになっていた。

憶良は幼いわが児を亡くした時の悲しみを歌に書きあげた。

男子《をのこ》名は古日《ふるひ》に恋ふる歌三首

世の人の貴び願ふ
七種《ななくさ》の宝も我は何せむに
我《わ》が中の生《うま》れ出でたる
白玉の我《あ》が子古日《ふるひ》は
明星《あかぼし》の明くる朝《あした》は
敷栲《しきたへ》の床《とこ》の辺《へ》去らず
立てれども居《を》れども共に戯《たはぶ》れ
夕星《ゆふつづ》の夕《ゆふへ》になれば
いざ寝よと手をたづさはり

世の人が貴び願う
七種の宝も私にとっては何になろう
われらの間に生まれて来た
白玉のようなわが子古日は
明星の輝く朝になると
寝床のあたりを離れず
立つにつけ座るにつけ共に戯れ
夕星の出る夕方になると
さあ、寝ようと手にすがりついて

父母もうへはなさがり
さきくさの中にを寝むと
愛《うつく》しくしが語らへば
いつしかも人と成り出《い》でて
悪しけくも良けくも見むと
大船《おほぶね》の思ひ頼むに
思はぬに横しま風の
にふふかに覆《おほ》ひ来《きた》れば
為《せ》むすべのたどきを知らに
白栲《しろたへ》のたすきを懸《か》け
まそ鏡手に取り持ちて
天つ神仰ぎ祈ひ禱《この》み
国つ神伏して額《ぬか》つき
かからずもかかりも神のまにまにと

父さんも母さんもそばを離れないでね
真ん中に寝ると
かわいらしくもその子が言うので
早く一人前になって
良きにつけ悪しきにつけ見届けたいと
楽しみにしていたのに
思いがけず、横ざまの突風が
急に吹きつけて来たものだから
どうしてよいのか手だてもわからず
白い襷をかけ
鏡を手に持ちかざして
仰いで天の神に祈り
伏して地の神を拝み
治るも治らぬも神様の思し召しのままですと

立ちあざり我《あ》れ祈ひ禱《この》めど
しましくも良けくはなしに
やくやくにかたちつくほり
朝な朝な言ふことやみ
たまきはる命絶えぬれ
立ち躍《をど》り足すり叫び
伏し仰ぎ胸打ち嘆き
手に持てる我《あ》が子飛ばしつ
世の中の道

取り乱しながら、ひたすらお祈りしたけれども
ほんの片時も持ち直すことはなく
だんだんと顔かたちがぐったりし
日ごとに物も言わなくなり
とうとう息が絶えてしまったので
思わず跳びあがり、地団駄踏んで泣き叫び
伏し仰ぎ、胸を叩いて嘆きくどいた
だが、手にいた我が幼な子を死なせてしまった
ああ、これが世の中を生きていくことなのか

反歌

若ければ道行き知らじ　賄《まひ》はせむ黄泉《したへ》の使《つかひ》負ひて通らせ
（まだ若いのであの世への道はわかりますまい。贈り物はしましょう。黄泉《よみ》の使いよ、背負って行ってください）
布施《ふせ》置きて我れは祈ひ禱《この》む　あざむかず直《ただ》に率行《ゐゆ》きて天道《あまじ》知らしめ

（布施を捧げて私はひたすらお祈り申し上げます。あらぬ方に誘わず、真っすぐに連れて
　行って、天の道を教えてやってください）

憶良は歌をまとめた後、これは文箱にしまい込んだ。

その後もう一首、在任中に大伴卿に謹上したいと考えていた腹案の長歌を「貧窮問答《びんぐもんどう》」と名付けてまとめた。

憶良が近江に住んだ写経生のころや伯耆《ほうき》国司、筑前国司として垣間見た極貧農民の窮状を、「貧しい下層官人の問いにして、極貧の農民が答える」という形での問答歌だった。

貧窮問答《びんぐもんだふ》の歌一首併せて短歌

（貧しい官人の問い）

風交り雨降《ふ》る夜《よ》の　　　風にまじって雨の降る夜の
雨交じり雪降る夜《よ》は　　　その雨に交じって雪の降る夜は
すべもなく寒くしあれば　　　何とも寒くてならぬので

堅塩《かたしほ》をとりつづしろひ
糟湯酒《かすゆざけ》うちすすろひて
しはぶかひ鼻びしびしに
しかとあらぬひげ掻き撫《な》でて
我《あ》れをおきて人はあらじと
誇ろへど寒くしあれば
麻衾《あさぶすま》引き被《かがふ》り
布肩衣《ぬのかたぎぬ》ありのことごと
着襲《きそ》へども寒き夜すらを
我《わ》れよりも貧しき人の
父母は飢ゑ寒からむ
妻子《めこ》どもは乞《こ》ふ乞《こ》ふ泣くらむ
この時はいかにしつつか
汝が世は渡る

堅塩《かたしお》を少しずつかじって口に入れ
糟湯酒をすすったりして
咳こんでは鼻をすすり
ろくにありもしないひげをかき撫でて
俺ほどの人物はあるまいと
誇ってみるけれど、寒いので、
　麻ぶとんをひっかぶり
布の袖無《そでな》しをありったけ着重ねるのだが
それでも寒い夜なのに
我よりもっと貧しい人の
父や母は、ひもじく寒がっているだろう
妻や子は、物をせがんで泣いているだろう
こんな時は、いったいどのようにして
そなたはこの世を凌《しの》いでいるのか

（貧しい農民の答え）

天地《あめつち》は広しといへど
我《あ》がためは狭《さ》くやなりぬる
日月《ひつき》は明《あか》しといへど
我《あ》がためは照りやたまはぬ
人皆か我《あ》のみやしかる
わくらばに人とはあるを
人並に我《あ》れもなれるを
綿もなき布肩衣《ぬのかたぎぬ》の
海松《みる》のごとわわけ下《さ》がれる
かかふのみ肩にうち掛け
伏廬《ふせいほ》の曲廬《まげいほ》の内に
直土《ひたつち》に藁解《わらと》き敷きて
父母は枕の方に
妻子《めこ》どもは足《あと》の方に

天地《てんち》は広いというが
私のためには狭くなっているのか
日月は明るいというが
私のためには照ってはくださらない
人みななのか私だけがそうなのか
幸いにも人と生まれたのに
人並みに私も働いているのに
綿もない布の袖無しの
海松《みる》のように破れ下がった
ぼろだけを肩にうちかけ
つぶれたような傾《かし》いだ小屋の中で
地べたに藁をといて敷き
父や母は私の枕の方に
妻や子は私の足の方に

囲《かく》み居《ゐ》て憂《うれ》へさまよひ
かまどには火気《ほけ》吹き立てず
甑《こしき》には蜘蛛《くも》の巣かきて
飯炊《いひかし》くことも忘れて
ぬえ鳥ののどよひ居《を》るに
いとのきて短き物を
端切《はしき》るといへるがごとく
しもと取る里長《さとをさ》が声は
寝屋処《ねやど》まで来立《きた》ち呼ばひぬ
かくばかりすべなきものか
世の中の道

身を寄せ合って愚痴を言ったりうめき合ったりし
かまどには火の気を吹き立てることもできず
甑《こしき》には蜘蛛が巣をかけて
飯を炊くことなど忘れて
ぬえ鳥が鳴くように悲鳴をあげているのに
特別に短い物の
その端をさらに切り詰めるという諺のように
木の枝の笞《むち》をかざす里長《さとおさ》の声は
寝屋の戸にまでやって来てわめき立てる
こんなにも辛《つら》くすべないものか
世を生きていくというのは

反歌

世の中を憂《う》しと恥《やさ》しと思へども　飛び立ちかねつ鳥にしあらねば

(世の中をつらい、恥ずかしいと思うけれど、飛び去ることもできない。鳥ではないので)

山上憶良頓首謹上

農民の窮状を訴えたかった大伴卿は亡く、この「貧窮問答歌」は憶良が筑前守の時に大宰大弐《だざいのだいに》だった丹比真人県守《たじひのまひとあがたもり》に謹上した。丹治比県守は神亀六年（七二九）二月の「長屋王の変」の時に緊急に民部卿として大宰府から京へ呼び戻され、権参議《ごんのさんぎ》を兼ねたという親藤原氏の官人だが、その後、山陰道の鎮撫使《ちんぶし》（当時の社会不安に対し、国司・郡司などの取り締まり）を経て天平四年正月には中納言になっていた。

県守なら大宰府時代の顔見知りであり、今は中納言という大事な役目柄、開いて読んではもらえるだろうと思ってのことだった。

天平五年（七三三）三月一日には第九次の遣唐大使に任じられた丹比真人広成《ひろなり》が、わざわざ憶良を訪れた。広成が訪れたのは、おそらく遣唐使としての先輩の憶良へ挨拶を兼ねた病の見舞いだったろう。ただ、広成と憶良の由来は浅くはなく、憶良が第七次の遣唐使の末端に加えられた時の執節使粟田真人《あわたのまひと》は広成の兄であり、長歌「貧窮問答」を献上した元大宰大弐の丹比県守も兄である。憶良は広成の来訪を喜んだ。

憶良は髪も鬢《びん》も白くなり、筋肉も痩せ衰えていた。広成が「そのままで」と言うのも聞かず、天井から吊るした紐を頼りにゆるゆると体を起こし、資人が手伝って麻衾の中に足を伸ばしたまま畏まった。

広成は憶良の体をいたわると、今回の遣唐大使に任命されたことを報告した。

「おめでとうございます。大使とは名誉なことです」

憶良は祝いの言葉を述べた。

広成からは「貧窮問答」の話は出なかった。

「勤めを果たして無事にお帰りを」

「あせらずご養生ください」

最後に二人はそう言って別れた。

三日後、憶良は「好去好来《こうきょこうらい》の歌一首反歌二首」を広成に餞《はなむけ》の歌として贈った。

病がいよいよ重くなったのを感じた憶良は、病床で生涯の総決算として三編の詩文をまとめた。

「沈痾自哀文《ちんあじあいぶん》」

「俗道《ぞくどう》の仮合即離《けごうそくり》し、去り易く留《とど》み難きこと悲嘆する詩一首併せて序」

「老身に病を重ね、経年辛苦《けいねんしんく》し、児らを思ふに及《いた》る歌七首」

この三部を天平五年六月三日に一巻きにして、憶良は文筆を終えた。もう手も巧く動かなくなっていた。

憶良の病を聞いて、その後何人かの官人たちが見舞いに来てくれた。京で共に仕事をしていた官人、大宰府時代に政庁にいた官人だった。だが、憶良はもう半身を起すことも辛く、横になったままで見舞いを受けた。答える言葉も短かった。

その後政権の実力者である内臣藤原房前《ふじわらのふささき》の第三子、若い藤原朝臣八束《ふじわらのあそんやつか》が河辺朝臣東人《かわへのあそみあずまびと》を使者として、憶良の容態を尋ねさせた。

「主人の八束がお体を心配致しております」

東人は頭を低く下げた後に言った。

「わざわざ、お使いを、いただき、有難う。八束公は、お幾つに、なられた」

憶良は起き上がる気力もなく、麻衾の中で眼を薄く開き、途切れ途切れに言った。

「十九歳におなりです。公は聖武天皇即位の十歳のころ、東宮侍講の任を解かれておいでだった山上臣に漢詩を学んだと仰せでした。今でもお慕いなさっています」

「十九歳か、お若いな。これからの、お方だ」

憶良はつぶやいた。
しばらくのあいだ、黙って目を閉じていたが、やがて目尻に涙を浮かべ、次のような歌を低い声で詠じた。

士《をのこ》やも空《むな》しくあるべき　万代《よろづよ》に語り継ぐべき名は立てずして

（士たるものは空しく世を果ててよいものか。末永く語り継がれるような名を立てずに）

若い八束公への激励ともとれる歌だが、憶良自身の官人生涯の無念さだったろう。名を後世に残さずとも空しい人生ではあるまいが、憶良は空しく果てたと思っていたに違いない。
この歌を詠んだ日よりそう長くない日に、憶良は資人たちに囲まれて生を閉じた。享年七十四歳だった。

（完）

参考文献

日本古典文学大系「万葉集」岩波書店
日本古典文学全集「万葉集」小学館
新潮日本古典集成「万葉集」新潮社
日本古典文学大系「日本書紀　下」岩波書店
新日本古典文学大系「続日本紀」岩波書店
直木孝次郎他訳注「続日本紀」平凡社
中西進『山上憶良』河出書房新社
稲岡耕二『山上憶良』吉川弘文館
高木市之助全集第三巻「憶良と旅人」講談社
伊藤博『万葉集釋注』集英社文庫
東茂美『山上憶良の研究』翰林書房
吉田孝『大系日本の歴史　３古代国家の歩み』小学館

直木孝次郎『古代国家の成立』中央公論社
田村圓澄『飛鳥・白鳳仏教史』吉川弘文館
中西進『大伴旅人　人と作品』おうふう
中西進『山上憶良　人と作品』桜楓社
村山出『憂鬱と苦悩　大伴旅人と山上憶良』新典社
寺崎保広『長屋王』吉川弘文館

その他多くの著書を参考にしました。

銀《しろかね》の梅園

万葉に咲いた花・山上憶良と大伴旅人

2023年7月31日発行　著　者　**吉森康夫**

発行者　**向田翔一**

発行所　株式会社 22 世紀アート
〒103-0007
東京都中央区日本橋浜町 3-23-1-5F
電話　03-5941-9774
Email: info@22art.net　ホームページ：www.22art.net

発売元　株式会社日興企画
〒104-0032
東京都中央区八丁堀 4-11-10 第 2SS ビル 6F
電話　03-6262-8127
Email: support@nikko-kikaku.com
ホームページ：https://nikko-kikaku.com/

印刷
製本　株式会社 PUBFUN

ISBN：978-4-88877-229-7